로크미디어가
유혹하는
재미있는 세상

ROK
MEDIA
로크미디어

이것이 법이다

이것이 법이다 98

2020년 10월 7일 초판 1쇄 인쇄
2020년 10월 13일 초판 1쇄 발행

지은이 자카예프
발행인 이종주

총괄 김정수
경영 지원 배진경 임혜솔 송지유

기획 이기헌 왕소현 박경무 강민구
책임 편집 최전경

발행처 (주)로크미디어
출판등록 2003년 3월 24일
주소 서울시 마포구 성암로 330 DMC첨단산업센터 3층 318호, 319호
Tel (02)3273-5135 **편집** 070-7863-8592 **Fax** (02)3273-5134
홈페이지 rokmedia.com **E-mail** rokmedia@empas.com

ⓒ 자카예프, 2015

값 8,000원

ISBN 979-11-354-5682-4 (98권)
ISBN 979-11-255-9575-5 04810 (세트)

이것이 법이다

98

자카예프 장편소설

로크미디어

CONTENTS

피와 똥 그리고 눈물

　노형진의 계획을 들은 김성식은 심각한 표정이 되었다. 그럴 수밖에 없는 게, 노형진의 계획은 상상을 초월했으니까.

　"아예 죽여라 이건가?"

　"네, 원래 사건을 취급할 때는 그 핵심을 다스려야 하는 법입니다."

　"그리고 이번 사건에서 핵심은 학생이 아니고요?"

　고연미 역시 심각한 표정으로 물어볼 수밖에 없었다.

　그럴 수밖에 없다.

　자신들은 학교 폭력만을 생각했다.

　하지만 노형진은 그들을 건드리지 않는다는 대담한 방법을 선택한 것이다.

아니, 정확하게 말하면 그들을 건드리기는 한다.

하지만 이번 사건의 핵심은 기존과 다르게 법원, 아니 대한민국 사법권 전부였다.

"그럼 이번 사건의 핵심이 뭐라고 생각하시는 거예요?"

"당연히 사법 당국이죠."

"사법 당국요?"

"네."

노형진은 고개를 끄덕거렸다.

"사실 현대의 수사 방식은 아주 발달해 있습니다. 어지간한 경우가 아니면 상대방을 놓치는 일은 없지요."

무능하다고 소문난 대한민국 경찰이지만 사실 검거율을 보면 그렇게 낮은 것도 아니다.

일단 한국은 인터넷 강국임과 동시에 CCTV 강국이다.

CCTV를 피해서 다닐 수는 없다.

"더군다나 대한민국은 감시 체계도 아주 잘되어 있지요."

대표적인 것이 주민등록번호다.

신분을 증명하는 가장 확실한 방법이기는 하지만 그와 동시에 행적을 드러내는 가장 확실한 방법이기도 하다.

그런 게 제대로 되어 있지 않은 일본이나 미국 같은 경우는 도주하기 시작하면 잡는 게 쉽지 않지만 한국은 해외로 튀지 않는 한 주민등록번호 없이 사는 데 한계가 있다.

"그럼에도 불구하고 아주 많은 사건들이 미결 사건으로 넘어가지요. 왜 그럴까요?"

"그건…….."

무태식은 노형진이 하려고 하는 말이 뭔지 알아차렸다.

"일하기 싫다는 감정이군요."

"맞습니다. 그건 이미 모 지역에서 드러났지요."

과거에 모 지역에 보이스피싱 조직이 들어간 적이 있었다.

그러자 그 지역 경찰이 아예 초장부터 잡겠다고 벼르고 추적을 시작했고, 그 조직은 얼마 가지 않아서 박살 났다.

수년간 전국을 돌아다녀도 잡히지 않았던 조직이 말이다.

"못 잡은 게 아니라 안 잡은 거죠."

"이번 사건도 마찬가지이기는 하지."

말로는 바빠서 해결 못 한다고 하지만 그 사건 말고 다른 사건도 바쁘다고 제대로 수사하지 않고 있는 것이 현실.

"더군다나 이런 사건은 사실 해결을 못 한다는 게 말이 안 됩니다."

가해자는 학생이고, 학교라는 확실한 기관에 다니며, 부모님과 함께 집에서 산다.

그러니 그들을 잡고자 하면 못 잡을 이유는 없다.

"그런데 현실적으로 처벌을 하지 않지."

"압니다. 그래서 문제인 거고요. 이번 사건의 핵심은 학교 폭력이 아닙니다. 정확하게는 사법부가 우리에게 보내는 일종의 경고인 거죠."

"쩝."

쉽게 말해서 이런 거다.

나는 이 사건을 처벌할 생각이 없으니 고발하지 말라는 거다.

"하지만 단시일만 하는 계도라고 하지 않나?"

김성식의 말에 노형진은 코웃음을 쳤다.

"물론 그렇지요. 하지만 그게 핑계인 건 김 대표님도 아시지 않습니까?"

아무리 사법 체계가 개판이라고 해도, 일하기 싫으니까 무조건 처벌하지 않겠다고 처리 지침을 내려보낼 수는 없다.

당연히 적당한 이유를 만들어서 보내는데, 그게 바로 계도라는 뻔하디뻔한 거짓말일 뿐이다.

공식적으로 처리 지침은 '계도'라는 목적을 위해 처벌을 하지 않는다는 것이다.

쉽게 말해서 계도를 통해 학교 폭력 사범을 범죄자가 아닌 일반인으로 사회에 내보낸다는 소리다.

"계도요? 웃기고 자빠졌네요."

물론 이 계도라는 건 의미가 없다. 애초에 처벌이 안 되는데 누가 겁을 먹겠는가?

더군다나 그 방법도 문제다.

정말로 계도라면, 그 계도 기간이 끝나면 가차 없이, 아니 더 가중처벌 해야 한다.

사회가 기회를 줬고 그걸 거부한 건 그들이니까.

이것이 법이다

하지만 검찰은 처리 지침 연장이라는 방식으로 끊임없이 법을 고치면서 절대로 제대로 일을 하려고 하지 않았다.

그들의 목적은 새론이 학교 폭력에 대한 고발을 포기할 때까지, 아니 학교 폭력이라는 것 자체에 대한 고발이 사라질 때까지 유지하는 것일 게 뻔했다.

"그리고 뻔하지요. 우리가 이렇게 학교 폭력을 줄였다고 떠벌리겠지요."

"쩝……."

사법부의 고질적인 행동이었다.

지금이야 사람들이 많이 바뀌었다고 하지만 과거에는 강간 사건이 벌어지면 사건의 피해자들에게 그 책임을 뒤집어씌우는 것이 보통이었다.

일반인이 그랬다는 게 아니다.

경찰과 검찰 그리고 판사가 피해자에게 네가 꼬리 친 거 아니냐는 식으로 몰아갔고, 그걸 알기에 과거에 여자들은 강간을 당해도 웬만하면 신고를 하지 않았다.

피해자를 보호하고 범죄자를 처벌하는 게 아니라 피해자에게 2차 피해를 입히고 취하를 하도록 몰아가는 식으로 사건을 줄이려고 했으니까.

"그리고 공식 보고 자료에는 '우리나라가 이렇게 강간이 없는 깨끗한 나라입니다.' 하고 올렸죠."

노형진이 피식 웃으며 말했다.

"강간뿐입니까? 지금 마약 사건이 어디 한두 건입니까?"

공식적으로 마약 청정국이다.

하지만 그건 어디까지나 공식적인 부분이다.

사실 어지간한 클럽에 가면 마약을 파는 놈들이 있고 물뽕에 의한 강간 사건도 심심치 않게 벌어진다.

"일하기 싫은 거죠. 뇌물 때문일 수도 있고, 귀찮을 수도 있고."

"하긴 그건 그렇지."

심지어 강간 피해자가 경찰에 신고하러 갔을 때 자기 관할구역이 아니라는 이유로 경찰이 쫓아낸 적도 있다.

그렇다고 관할구역을 안내하거나 태워다 준 것도 아니다.

점심 먹으러 가야 한다고 바깥으로 내몰았다.

그 강간 피해자는 여성부에도 도움을 요청했지만, 여성부는 강간은 자기 소관이 아니라며 도움을 거절했고 말이다.

"그들을 재판으로 몰아넣을 겁니다."

"하지만 그게 되겠는가? 이미 써먹었지만 그게 불가능한데."

과거에 학교 폭력 문제로 새론과 노형진뿐만 아니라 몇몇 피해자의 부모들도 가해자를 고소한 적이 있다.

하지만 처벌은커녕 바뀌는 것이 없었다.

학생이니까, 어려서, 싸우면서 크는 거라서, 실수라서.

온갖 핑계를 대면서 말이다.

그래서 새론은 다른 방법을 썼다.

학생이 아니라 학교를, 그리고 선생님을 고발한 것이다.

"사실 우리 방식의 핵심은 학생에 대한 처벌이 아닙니다. 무슨 뜻인지 아시지요?"

"그건 그렇지."

학교 폭력을 고발하는 경우, 아무리 범죄가 강력해도 청소년 보호법 때문에 100% 처벌이 이루어지지 않는다.

"그럼에도 불구하고 효과를 본 건 그걸 방치하는 자들에 대한 처벌이 이루어졌기 때문이지요. 사실 학생은 자기들이 아무리 잘난 척하고 깝죽댄다고 해도 결국 어린 학생일 뿐입니다. 사회를 이기지는 못해요."

일진? 잘나가는 주먹?

결국 경찰에 잡혀가면 질질 짜는 애들이 90%다.

그 앞에서 목에 힘 빡 주고 학생이니까 처벌받지 않는다고 버틴다?

그러면 민사로 가면 된다.

최소 천만 원 단위의 손해배상 청구 소송을 하고 집안에 무차별적으로 차압이 들어가면 부모는 개 패듯이 자식을 패서라도 잡으려고 한다.

한 번으로 끝나지 않을 게 뻔하니까.

"그런데 왜 이제 그 방법이 안 될까요?"

"일하기 싫다는 그 감정 때문이겠지."

학생에 대한 처벌이 중요한 게 아니다.

"지난 1년간의 기록을 확인해 봤습니다. 학교 폭력을 방치한 선생님과 학교에 대한 고발은 계속 진행되었습니다. 하지만 80%가 혐의 없음이었고 20%도 벌금이 끝이었습니다. 그것도 100만 원 정도였고요. 실형이나 자격정지가 떨어진 건 하나도 없더군요."

　처벌하기 싫으니까 아예 처벌을 안 하는 거다.

　"왜 그렇게 된 거죠?"

　고연미는 이해가 가지 않았다.

　물론 모든 사건에서 실형이 나올 수는 없다.

　그래도 고발이 들어가면 움츠러들어야 하는데, 이제는 그러지도 않는다.

　"만성이 된 거죠."

　"만성?"

　"네. 아이들이 청소년 보호법을 알고 악용합니다. 사람을 죽여도 제대로 처벌받지 않는다는 걸 아는 거죠. 대가리에 피도 안 마른 애들도 그 지경인데, 성인이 안 써먹을까요?"

　경찰과 검찰이 처리 지침으로 처벌을 낮춰 버리고, 어떻게 기소가 되어도 법원에서 처벌의 수위를 확 낮춰 버렸다.

　일종의 야합을 통해 말이다.

　그리고 학교와 선생님은 그걸 알아 버렸다.

　그런데 그들이 그걸 지킬 리 없다.

　"처벌이 동반되지 않는 법은 죽은 법입니다."

이것이 법이다

노형진은 차분하게 말했다.

"그래서 만든 방법이 사회적 말살이라는 건가?"

"네. 사회적 말살, 그들의 공포를 건드리는 거죠."

"언론의 이름으로?"

"제가 한번 말씀드린 적이 있지요? 대한민국에서 견제받지 않는 유일한 권력이 언론이라고요."

"그건 그렇지."

모든 권력은 견제받는다.

그 견제 자체가 힘든 정도의 차이는 있지만, 법적으로 견제 장치가 있기는 하다.

"하지만 언론은 그러한 견제 장치가 없지요."

그 순간 언론 탄압이라고 물고 늘어지니까.

물론 독재 정부가 들어서서 눈치 안 보고 다 때려죽인다면 모르겠지만 말이다.

"다행히 법이 바뀌면서 언론사는 허가제에서 신고제로 바뀌었죠."

"사회적 말살이라……."

"학교 폭력을 처음부터 끝까지, 아예 생중계할 겁니다."

폭력의 현장을 실시간으로 보여 주어 가해자의 인생을 망가트리겠다는 뜻을 밝힌 노형진은 망설임이 조금도 느껴지지 않는 어조로 말했다.

"그러면 그게 두려워서라도 제대로 처벌하게 될 겁니다."

찍히면 죽는다는 걸 확실하게 보여 줌으로써 말이다.

"자네가 아니면 누구도 못 할 일이군."

노형진은 씩 웃으며 말했다.

"그리고 딱 좋은 프로그램도 하나 있고요."

"딱 좋은 프로그램?"

"네. 그걸 수입해 와야겠네요, 후후후."

미국에는 학교 폭력을 벌이는 아이들을 갱생시켜 주는 프로그램이 있다.

물론 그들을 차분하게 설득하면서 갱생시켜 주지는 않는다. 그렇다고 그들에게 정신과 치료를 받게 해 주지도 않는다.

학교 폭력을 쓰는 놈들의 심리를 이용한 방식이었다.

노형진은 해당 방송국과 협의해서 그 콘셉트를 가지고 왔다. 그것도 훨씬 독한 방식으로 말이다.

"프로랑 싸워서 5라운드를 버티면 2천만 원을 준다고?"

학교 폭력의 가해자인 동서욱은 눈깔이 뒤집어졌다.

일진 노릇을 한다면서 간간이 돈을 뜯어내긴 하지만 사실 학생들이 가진 돈은 뻔하다. 그렇다 보니 제대로 놀아 본 적이 없었다.

"이야, 끝내주네. 이기는 것도 아니고, 5라운드만 버티면 된다 이거지?"

"해 보실 생각 있습니까?"

해당 프로그램 PD라고 자신을 소개한 남자는 그렇게 말하면서 동서욱을 바라보았다.

"하, 효석이 이 미친 새끼. 뒈지려고 환장했네?"

미국의 프로그램을 따라 일진이 전문 격투기 선수와 싸우는 프로그램을 만들기로 한 노형진.

당연히 그걸 신청하는 건 일진이 아니다.

그에게 당하는 피해자다.

"만일 내가 이기면 2천만 원을 주고, 지면 학생들에게 더 이상 손대지 않아야 한다?"

"그게 조건입니다."

"아, 이 씹새끼. 내가 존나 만만해 보였나 보네."

동서욱은 콧김을 훅훅 뱉었다.

자신이 누군가? 유도 3단의 유망주다. 장차 프로 격투가가 될 생각에 누구보다 열심히 운동해 왔다.

그런데 그런 자신을 도발하다니.

"그래, 까짓거, 하지, 뭐."

'어린놈의 새끼가.'

PD는 속으로 이를 박박 갈았다.

어린놈이 어른한테 반말을 찍찍 하는 걸 보니 그 인성이 뻔하게 보였기 때문이다.

'뭐, 상관없지.'

그는 그림만 잘 뽑으면 된다.

어차피 이 녀석의 인생은 이 프로그램이 방송되는 것과 동시에 끝장날 테니까.

"그래서 누가 나오는데?"

"그건 이제 알아봐야지요. 보다시피 그날 참가할 분은 그분들의 일정에 따라 달라집니다."

"뭐, 어쭙잖은 새끼가 기어 나와 봐야 나한테 개같이 처발릴 테니까 최대한 강한 새끼로 보내라고."

"알겠습니다."

PD는 그의 말에 고개를 끄덕거렸다.

'후회할 텐데.'

처음 노형진에게 이 이야기를 들었을 때 그는 이미 대충 계획을 알았다.

당연하게도 그날 어떤 일이 벌어질지 대충 예상도 하고 있었다.

"하지만 들으셨다시피 기권은 없습니다. 시작하면 버티든가 아니면 기절하든가 해야 합니다. 뭐, 도망가는 건 말리지 않습니다. 기타 게임 규정은 여기에 정리되어 있습니다."

그렇게 말하며 PD가 서류를 내밀었다. 그러나 동서욱은 서류를 제대로 읽어 보지도 않고 사인했다.

고작 5라운드다.

이미 프로 격투가를 꿈꾸면서 스파링은 질릴 만큼 했다.

그 정도 버티는 건 일도 아니었다.

"좋아, 이번에 이기고 나면 그 씹째끼, 갈아 먹어 버려야 겠어."

그는 당연히 자신이 이길 거라 생각했다.

하지만 현실은 그의 예상과는 좀 달랐다.

⚖️

촬영 당일, 촬영이 예정되어 있는 곳으로 온 동서욱은 당황할 수밖에 없었다.

"아니, 씨발. 저 형이 여기 왜 나와?"

그의 격투 대전 상대라고 나온 사람.

그는 동서욱이 익히 아는 사람이었다.

친한 형? 그건 아니다.

하지만 대한민국, 아니 전 세계에서 격투에 조금만 관심이 있는 사람이라면 결코 모를 수 없는 존재였다.

스틸 칸. 현 세계 격투기 챔피언.

98전 90승 40KO. 말 그대로 인간 분쇄기.

'내가 특별히 모셨지.'

노형진은 당황하는 동서욱을 보면서 속으로 실실 웃었다.

"엄청 비쌀 텐데 진짜로 섭외가 되었군요."

나름 운동을 하는 무태식은 스틸 캅을 보면서 눈을 빛냈다.

"생각보다 안 비쌉니다. 스틸 캅은 학교 폭력을 무척이나 싫어하거든요."

"네? 어째서요?"

"애초에 스틸 캅이 운동을 시작한 이유가 학교 폭력 때문이었거든요."

어릴 때 그는 체구가 작은 편이었다. 지금도 딱히 그리 큰 것은 아니다.

그런 그가 운동을 하게 된 이유가 학교 폭력으로 인해 두들겨 맞게 되면서부터였다.

그는 거기서 벗어나기 위해 운동을 했고, 결국 세계 챔피언까지 되었다.

"그래서 그런지 이런 취지라고 하자 싸게 부르더군요. 그래도 마냥 싼 건 아니었지만."

노형진은 어깨를 으쓱했다.

"어찌 되었건 이건 공중파가 아니라 인터넷 방송용 프로그램입니다. 당연히 이걸 이슈화시키기 위해서는 그만큼 투자를 해야지요. 이것만큼 확실한 투자가 어디 있겠습니까?"

"그건 그러네요."

무태식은 고개를 끄덕거렸다.

세계 챔피언의 일진 갱생 교육을 싫어할 사람은 아무도 없을 것이다.

"확실하게 한번 보여 주고 나면 다음부터는 저 정도 사람이 나오지 않아도 됩니다."

"그렇겠죠."

무태식은 또 한 번 고개를 끄덕거렸다.

확실히 어쭙잖은 광고보다는 그게 확실하게 먹힐 테니까.

"거기에다 확실하게 사이다를 보여 주면 사람들은 찾기 마련이지요."

"개 패듯이 패게 할 생각이시군요?"

노형진은 고개를 흔들었다.

"그건 좀 약하지요."

"네?"

"이건 격투기 시합입니다. 당연히 패야지요. 하지만 사람들이 원하는 것 이상을 보여 줄 생각입니다."

"그게 뭔데요?"

"비밀입니다, 후후후."

노형진은 씩 웃었다. 그리고 시합 준비가 진행되는 와중에 스틸 칸에게 다가갔다.

"스틸, 혹시 부탁 하나만 해도 될까요?"

"아, 미스터 노. 저 떡대가 이번 상대입니까? 그나저나 이거 재미없겠는데요? 전형적인 보디빌더 근육이에요."

고등학생인 동서욱이 거의 스틸 칸과 비슷한 체구다.

스틸 칸이 덩치가 큰 서양인임을 감안하면 동서욱이 엄청나게 덩치를 키운 셈이다.

"영상을 보니까 뭐 실력도 별 볼 일 없고요."

세상에는 만약이라는 게 있다.

아예 운동을 안 하고 가오만 잡는 생양아치라면 모르겠지만 일단 격투기를 한 동서욱이다.

그래서 그가 훈련하는 걸 찍어서 보여 줬는데, 스틸 캅의 반응은 시큰둥했다.

격투기의 세계에서 프로가 되기는커녕 아마추어급 대회에서도 살아남기 힘든 실력이라고.

하긴, 연습한다고 자기보다 어린 애들만 주야장천 패 왔으니 실력이 늘 리 없다.

"그래서 말인데, 좀 확실하게 손봐 주시기 바랍니다."

"어떻게요?"

"사실은, 이런 건 좀 기분 나쁜 부탁일 수도 있는데……."

노형진은 스틸 캅에게 귓속말로 뭔가를 부탁했다.

그리고 그 말을 들은 스틸 캅은 크게 웃었다.

"으하하하! 그렇게 되면 다시는 고개를 못 들겠네요."

"하지만 좀 더럽기는 한데……."

"그거야 씻으면 그만이지요. 격투기를 훈련할 때 그런 경우가 아주 없는 것도 아니고."

스틸 캅은 실로 재미있어하는 표정으로 말했다.

"그 부탁, 확실하게 들어드리지요."

"감사합니다."

"아니요. 저야말로 감사하죠. 저런 놈들 별로 안 좋아하거든요."

스틸 캅은 고개를 끄덕거렸고 드디어 촬영이 시작되었다.

"꿀꺽."

동서욱은 침을 삼키면서 그를 바라보았다.

어쭙잖은 선수야 자신이 이길 거라 생각했다.

하지만 상대방은 스틸 캅이다.

전 세계 격투기 챔피언 말이다.

'이런 씨발…… 씨발…….'

마음 같아서는 도망치고 싶다. 하지만 애석하게도 도망치는 건 불가능하다.

애초에 기권 불가 조항이 있는 데다가, 만일 도망치면 2천만 원을 손해배상 한다는 규정이 들어 있기 때문이다.

물론 법적으로는 아무런 효과도 없기는 하다.

그는 미성년자니까.

하지만 미성년자이기에 그는 그걸 몰랐다.

"씨발, 한 번 죽지 두 번 죽냐! 나 동서욱! 가오에 죽고 가오에 산다!"

그는 그렇게 말하면서 앞으로 나섰다.

하지만 몰랐다, 노형진이 노리는 게 바로 그 가오라는 것을.

'학교 폭력이라는 것은 속칭 가오와 관련된 문제야.'

그들이 강해서 학교 폭력을 하는 경우도 있다.

하지만 그런 경우보다는, 세력을 뭉치고 자기들끼리 폼을 잡고 사회에 반항하는 걸 멋지다고 생각하는 경우가 훨씬 많다.

옛날 말로는 폼생폼사라고 하던가?

'그리고 그 폼이 작살나면 그들은 아무것도 아니게 되지.'

그들이 고개를 뻣뻣하게 드는 이유도 청소년 보호법 덕에 처벌을 받지 않는다는 걸 알기 때문이다.

오랜 경험상 그들이 18세를 넘어서 경찰에 잡히면 바로 울고불고 난리를 친다.

그때는 가오가 아닌 처벌이 중요해지니까.

'그 가오가 한번 깨져 봐야 인생 헛산 걸 알지.'

노형진은 피식 웃으며 링을 바라보았다.

물론 이 위에 올라가서 두들겨 맞는다고 해서 가오가 깨지는 것은 아니다.

상대방은 세계 챔피언이니까.

하지만 세계 챔피언이기에, 그는 인간의 몸에 대해 누구보다 잘 알았다.

퍼억!

"억!"

가드를 차고 있음에도 불구하고 맨몸으로 맞은 것 같은 강력한 충격.

동서욱은 어떻게 해서든 버티려고 했다.

하지만 그 한 방에 세상이 빙빙 돌았다.

그가 상대하던 어쭙잖은 물렁한 주먹과는 완전히 달랐다.

자세를 취한 스틸 캅이 말했다.

"넌 후회하게 될 거야."

물론 스틸 캅이 한 말을, 그는 알아듣지 못했다.

영어였으니까.

그러나 한 가지는 확실했다.

그 눈빛은 자신을 잡아먹을 것 같았다.

"으으으……."

어떻게 해서든 한 대라도 쳐 보려고 주먹을 휘둘렀지만 스틸 캅은 아주 쉽게 피했다.

그리고 동서욱의 몸이 훤히 드러난 걸 봤다.

'지금!'

그는 프로다. 당연히 인간의 몸에 대해 잘 알고 어떻게 하면 아픈지, 어디가 약한지 잘 안다.

퍼억!

강력한 주먹이 동서욱의 배를 파고들었다.

강력한 통증에 동서욱은 주춤주춤 물러났지만 스틸 캅의 주먹은 멈추지 않았다.

"우우욱!"

결국 다리가 풀리면서 주저앉는 동서욱.

그리고 프로그램의 이름이 바뀌는 순간이 왔다.

원래 프로그램의 이름은 〈피와 땀 그리고 눈물〉이다.

하지만 사람들은 그 이름보다 별명을 더 부르게 된다.

새로운 별명은 〈피와 똥 그리고 눈물〉, 속칭 피똥 싸게 만
든다는 프로그램.

그럴 수밖에 없었다. 이 프로그램에 출연하는 자들은 하나
같이 똥을 갈기게 만들었으니까.

"저거 똥 싼 거야?"

"저거 똥 싼 것 같은데?"

"똥 싼 거 맞네! 맞아!"

똥을 싼 게 맞았다.

사실 사람들이 잘 모를 뿐, 이러한 격투기 대회에서는 자
주 벌어지는 일이다.

강한 충격을 받으면 장이 배설을 시작하니까.

그래서 기본적으로 격투기 선수들이나 권투 선수들은 어
두운 계열의 운동복을 선호한다.

시합 전에 장을 다 비우고 준비했다고 해도 조금이나마 새
어 나오기 때문이다.

이기면 뭐 하나, 똥 싼 거 드러나면 이만저만 창피가 아닌데.

하지만 동서욱은 프로로 뛰어 본 적이 없기 때문에 그런
걸 잘 몰랐고, 거기에다 노형진은 이걸 노리고 아예 운동복
을 하얀색으로 준비했다.

당연하게도 동서욱이 똥오줌을 흘리는 장면은 그대로 녹

화되고 있었다.

"으으으……."

동서욱은 자신의 엉덩이가 축축해지는 것을 느꼈다.

하지만 그게 문제가 아니었다.

상황이 그렇게 되자 그의 투지 역시 그대로 꺾여 버리고 말았다.

"헤이, 베이비! 컴 온!"

스틸 캅의 도발에도 그는 일어나지 못했고, 스틸 캅은 그런 동서욱에게 다가갔다.

퍽!

"어억!"

일어나기는커녕 그대로 아래에 깔려서 미친 듯이 두들겨 맞는 동서욱.

"살려 줘! 살려 줘! 제발 살려 줘! 으아! 잘못했어요! 제가 잘못했어요! 제발 살려 주세요!"

시합을 시작한 지 채 3분도 지나지 않아서 그는 처절하게 살려 달라고 비명을 질렀다.

하지만 스틸 캅은 멈추지 않았다.

"다른 피해자들이 그만하라고 할 때 너도 안 멈췄잖아! 그런데 내가 왜 멈춰야 하지? 어?"

개 패듯이 패는 스틸 캅.

그런 상황에서 동서욱을 살린 것은 종이었다.

땡땡땡.

울리는 종소리에 스틸 캅은 뒤로 물러났다.

그러자 동서욱은 기어서 자기 코너로 도망갔다.

"야! 정신 차려! 야!"

그와 같은 일진들은 그 모습을 보고 다급하게 몰려들었다.

돈을 벌면 바로 룸살롱에 가서 놀자고 해서 좋다고 따라왔
는데, 상황이 그들의 예상과 완전히 달랐다.

"으아…… 교대…… 교대……. 나랑 교대해 줘……."

동서욱은 다급하게 말했다.

"교대?"

"그래……. 제발 나랑 교대해 줘……."

그렇다.

이 프로그램에서는 다른 사람과 교대해서 계속 싸움을 이
어 갈 수 있었다.

그런 경우 라운드가 다시 시작되기는 하지만, 그 대신 교
대해서 들어간 사람도 5라운드를 버티면 2천만 원을 같이 받
을 수 있다.

"어……."

하지만 교대를 하겠다는 놈은 없었다.

눈앞에서 말 그대로 개처럼 처맞았는데, 아무리 철이 없다
고 해도 누가 나서겠는가?

"교대? 교대할 분 있습니까? 여기 선수복은 준비되어 있

이것이 삶이다

습니다."

PD가 다가와서 내미는 순백의 선수복.

그걸 본 일진들은 저절로 고개가 숙여졌다.

똑같이 순백이었을 동서욱의 선수복은 이미 똥오줌에 절어서 누런색으로 변해 있었다.

"교……대……. 제발 교대해 줘……. 살려 줘…… 살려 줘……."

다들 슬슬 멀어졌다.

아무리 그래도 대신할 생각은 없었으니까.

"안 대…… 안 대, 이 새끼들아……. 교대 좀…… 제발 교대 좀……."

동서욱은 알았다.

5라운드를 버티기는커녕 다음 라운드도 버티기 힘들었다.

땡땡땡!

그 순간 다음 라운드를 알리는 종소리가 울려 퍼지고 스틸 캅이 앞으로 나왔다.

"안 대! 안 대!"

이제는 발음이 새는 말을 뱉어 내며 동서욱은 구석으로 숨으려고 했다.

그러나 스틸 캅은 그를 놔줄 생각이 없었다.

"나와. 안 나와?"

"안 대! 살려 줘. 살려, 아악!"

스틸 캅은 그런 그에게 웃으며 달려갔다.

그리고 머리끄덩이를 잡고 강제로 끌어냈다.

"너도 다른 사람한테 똑같이 했잖아?"

스틸 캅은 그를 깔아뭉개고 사정없이 주먹을 휘둘렀다.

물론 이빨이 나가지 않을 정도로 살살 말이다.

하지만 그것만으로도 동서욱은 죽을 것 같았다.

"정신 차려! 정신 차리라고! 아직 4라운드 남았다!"

개 패듯이 패던 스틸 캅은 힐끔 시계를 보고는 자리에서 일어났다.

이건 어찌 되었건 격투기이고 교훈을 주기 위한 거지 패 죽이려는 게 아니었으니까.

거기에다 여기서 기절시켜서 그에게 눈곱만큼의 명예도 주고 싶지 않았다.

"으아아!"

동서욱은 자신이 자유가 되었다는 걸 알아차리자마자 바로 벌떡 일어났다.

아까와 다르게 다리는 풀려 있지 않았다.

아니, 살기 위해 죽을힘을 다해서 움직였다.

"으아아! 사람 살려!"

동서욱은 스포츠복 사이로 똥오줌을 갈기며 그대로 링에서 도망갔다.

그리고 카메라는 그 모습을 끝까지 찍었다.

그렇게 전설적인 갱생 프로그램 〈피와 땀 그리고 눈물〉, 아니 〈피와 똥 그리고 눈물〉 1화 촬영이 끝났다.

⚖

"아주 난리더만. 부모는 소송한다고 게거품을 물고 있어."

"하라고 하세요."

노형진은 어깨를 으쓱했다.

어차피 소송을 해도 돈으로 메꾸면 된다.

그들이 했던 것처럼 말이다.

"그리고 2화부터는 부모까지 출연시키면 되니까."

노형진의 말에 김성식은 혀를 끌끌 챘다.

"방송 프로그램은 어때요?"

"대호평이야."

일부는 너무한 거 아니냐고 말하기도 했지만 대부분은 동서욱이 똥오줌을 싸면서 도망가는 걸 보고 시원하다고, 당할 만하다고 말했다.

당연하다. 그 시합이 벌어지기 전에 동서욱이 피해자들에게 한 짓거리를 몰래 찍어서 틀어 줬으니까.

그게 없었다면 너무하다고 할지도 모르지만, 그 장면에 비하면 이 시합은 백배쯤 너그러웠다.

"동서욱은요?"

"학교에서 아예 매장당했다고 하더군."

하긴 방송에서 그렇게 똥오줌을 갈겼으니 그를 일진으로 취급해서 같이 놀러 다닐 놈은 없었다.

더군다나 교대해 달라고 그렇게 빌었는데 모두 도망갔다.

그러니 관계가 안 깨질 수가 없다.

"하지만 그런다고 해서 거기 일진들이 사라지는 건 아닌데?"

"아니요. 일진들이 사라지지는 않지요. 하지만 일진이라는 새끼들은 뻔하죠."

"무슨 소리야?"

"가장 만만한 상대를 괴롭히려고 하지요. 그런데 기존 피해자는 이제 못 건드립니다."

방송에 나갔고, 그래서 언론의 보호를 받는다.

그 피해자뿐만 아니라 다른 피해자도 건드리기 껄끄럽다.

그러나 일진들은 자기 버릇을 그렇게 쉽게 고치지 못한다.

"그럴 때는 괴롭힐 만한 적당한 사람을 찾지요. 가령 이제는 누구도 상대해 주지 않고 도와주지 않으며 무시하는 사람을 말이지요."

"그런 사람이 누가 있을…… 설마 동서욱?"

김성식의 말에 노형진은 고개를 끄덕거렸다.

"흔하게 있는 일입니다. 한국인들은 조직에서 이탈한 사람을 그냥 두고 보지 못하거든요."

동서욱은 이제 일진 그룹에서 이탈되었다.

그들 입장에서는 동서욱은 일진이 아닌 먹잇감일 뿐이다.

"거기에다 여론이라는 걸 그 녀석들도 모르지는 않거든요."

동서욱은 일진으로서 다른 아이들을 괴롭혔다.

그게 외부에 나갔고, 그를 도와주는 사람은 아무도 없었다.

"그리고 동서욱은 지금쯤 독기가 바짝 올랐을 겁니다."

"설마?"

"어차피 팔린 얼굴입니다. 아마 자기를 배신한 놈들과 함께 죽고 싶어 할 겁니다."

노형진은 어깨를 으쓱했다.

"학교 폭력의 피해자가 신청하면 가서 싸운다, 그게 우리 규칙 아니던가요? 후후후."

⚖️

"이런 씹째끼."

한때 동서욱과 함께하던 김주일은 이를 박박 갈았다.

지난번 방송 사건 이후에 동서욱은 완전히 사회적으로 매장당했기에 이참에 그 새끼를 쳐 내고 학교를 장악하려고 했다.

그리고 그건 성공했다.

그래서 김주일은 자신이 학교를 지배하는 줄 알았지만……

"이게 뭐야!"

동서욱 그 녀석이 김주일을 제보했다.

정확하게는 PD에게 설득당한 동서욱이 김주일을 고발한 것이다.

당연하게도 김주일을 찾아온 촬영 팀.

미치지 않고서야 그걸 받아들일 수는 없었다.

그게 벌써 한 달 전 일이다.

그 이후에 두 번 더 방영되었는데, 두 번째 출연자는 똥오줌을 갈기며 바닥을 기어서 도망갔고 세 번째 출연자 역시 똥오줌을 싼 상태에서 살려 달라고 상대방 선수에게 빌었다.

노형진은 계획적으로 그들에게 장을 자극하라고 했기 때문에 하나같이 질질 쌀 수밖에 없었다.

'내가 어떻게 그런 꼴을 당해. 그럴 수는 없어. 그럴 수는.'

그는 그렇게 생각하면서 학교로 향했다.

거기에 참가하면 안 된다고, 참가하지만 않으면 자신은 학교를 지배할 수 있다고 생각했다.

하지만 그건 그의 상상에서나 가능한 일이었다.

"이게 뭐야!"

학교로 향하는 길목. 거기에 줄지어 붙어 있는 수많은 현수막.

루저!

겁쟁이!

치킨 새끼! 꼬꼬댁! 꼬꼬꼬!

똥 싸는 게 두렵나?

쾌변에 피, 땀, 눈물!

수십 개의 현수막들. 김주일은 그게 누구를 놀리는 것인지 알 수 있었다.

"이런 씨발!"

김주일은 발악적으로 부수어 버리고 싶었지만 높은 곳에 매달린 현수막을 건드릴 수 있는 방법은 없었다.

학생들은 그걸 보면서 키득거렸다.

"뭘 웃어? 웃어? 웃어? 웃냐고, 이 씹쌔끼야!"

"아니, 난⋯⋯."

"이런 개새끼가! 네가 날 비웃어? 비웃느냐고!"

화가 난 김주일은 그저 지나갈 뿐이던 학생들을 미친 듯이 패기 시작했다.

하지만 그는 몰랐다, 그것 역시 노형진의 함정이라는 것을.

그가 피똥과 눈물을 흘리는 건 지금부터였다.

악마 강림

적반하장이라는 말이 있다.

방귀 뀐 놈이 성낸다는 말도 있고 말이다.

모두 나쁜 짓을 한 놈이 반성은커녕 도리어 화를 낼 때 쓰는 표현들이다.

"그리고 우리는 그 타이밍을 노릴 겁니다."

노형진은 촬영 팀을 보고 말했다.

"지금 김주일은 분노를 통제 못하고 있습니다. 피해자들이 계속 발생하고 있지요."

"그거랑 적반하장이랑 무슨 관계죠?"

PD는 이해가 안 간다는 듯 말했다.

"물론 그가 잘못한 건 사실이지만, 우리가 그를 자극하는 것도 사실이잖아요?"

"맞습니다. 우리가 자극하죠. 그래서 적반하장은 타이밍이라고 하는 겁니다."

"어째서요?"

"그들이 우리를 고소하기 전에 우리가 먼저 고소할 겁니다."

"네?"

다들 깜짝 놀랐다.

그게 무슨 말인지 이해가 가지 않았기 때문이다.

"〈피와 땀 그리고 눈물〉은 학생을 노리는 프로그램입니다. 하지만 전에 말씀드렸다시피 학교 폭력이 계속되는 가장 큰 원인은 학생이 아니라 학교와 사법 당국이지요."

그들은 사실 그걸 막을 수 있지만 막을 생각이 없다.

"그래서요?"

"그들을 처음부터 끝까지 하나씩 인민재판으로 몰아갈 겁니다."

"인민재판요?"

"그렇습니다."

"그거 나쁜 짓 아닌가요?"

노형진은 코웃음을 쳤다.

"그건 도구일 뿐입니다. 칼로 사람을 찔러 죽였다고 칼이 나쁜 건 아니죠. 사람이 나쁜 거지."

"그건 그렇지만, 그걸로 학교 폭력이 사라질까요?"

"사라지지는 않겠지요. 하지만 제대로 처벌해야 하는 상황으로 몰고 갈 겁니다."

"어떻게요?"

"일단은 촬영부터 시작하지요. 가장 먼저 해야 하는 것은 학교 폭력의 피해자들이 학교 측에 학교 폭력을 고발하는 것입니다."

새로운 프로그램의 촬영이 시작되었고 그건 사법 당국의 머리를 쥐어뜯게 만들었다.

노형진은 일단 학교 폭력의 피해자들과 부모들을 만났다.

그들은 하나같이 아무리 이를 박박 갈며 학교에 떠들고 신고해도 가해자들은 아무런 처벌도 받지 않는다고 울분을 토했다.

"그러니까 일단은 녹음부터 하세요."

"네?"

피해자들과 부모들은 고개를 갸웃했다.

"학교 측에서 방송을 허락해 줄 리 없습니다. 우리는 제삼자니까요."

"그런데요?"

"하지만 녹음을 하는 건 다릅니다. 여러분들은 제삼자가 아닙니다. 당사자죠."

학교 폭력을 고발하면 학교에서는 법적으로 학폭위를 열고 징계 수준을 정하도록 되어 있다.

대부분의 경우 솜방망이 처벌로 끝나지만 말이다.

"그런다고 효과가 있을까요?"

"아니요. 효과는 없습니다."

노형진은 고개를 흔들었다.

가해자의 말을 녹음해서 들이민다고 해도 학교 측에서는 결코 처벌을 강화하지 않는다.

"하지만 다른 효과는 가능하지요."

"어떻게요?"

"그들은 여러분들을 쫓아낼 겁니다."

"네?"

그 말을 들은 피해자들은 또다시 고개를 갸우뚱했다.

자신들을 쫓아내도록 만든다는 게 무슨 소리란 말인가?

"우리가 참가하지 말라고요?"

"애초에 참가해서 이야기해 봐야, 들어 주던가요?"

"그건……."

다들 이만 박박 갈았다.

그럴 수밖에 없는 게 학폭위에 참가하면 가장 많이 듣는 말이 '용서해 줘라.', '애들이 몰라서 그랬다.', '애들은 싸우면서 크는 거다.'라는 개소리다.

이것이 법이다

물론 아이들이 성장하면서 싸울 수는 있다.

하지만 학교 폭력은 싸우는 게 아니라 범죄다.

평범한 학생들의 싸움은 서로 대등해야 하는 건데 학교 폭력은 대등하지 않다.

"그들은 학교의 명예를 위해서라도 어떻게 해서든 사건을 감추려고 합니다. 그건 거의 모든 학교들의 공통된 반응이지요."

"그런데 거기에다 우리까지 빼고 하게 하라고요?"

"네, 거기에 여러분들이 없다는 게 중요합니다."

"차라리 몰래 녹음하는 게 어떨까요?"

당사자가 몰래 녹음하는 것은 불법이 아니다.

당연히 그걸 몰래 녹음해도 문제가 안 된다.

"아니요. 그건 의미가 없습니다."

몰래 녹음해도 법적인 효과는 있다. 하지만 그렇게 하면 이들이 그 안에서 어떤 상황이 벌어지는지 다 알 수 있다는 게 문제다.

"제가 노리는 건 여러분이 상황을 모르게 하는 거라서요."

"저희가 상황을 모르게 하는 게 목표라는 말이 이해가 가지 않는데요?"

"모르는 게 약인 경우가 있습니다. 그리고 그걸 이용해 먹는 게 바로 변호사의 능력이고요."

"으음……."

"대놓고 말씀하십시오. 녹음 및 녹화를 하겠다고 말입니다.

그리고 그걸 방송용으로 쓸 거라고 이야기하시면 됩니다."

고민하는 피해자들에게 노형진은 단호하게 말했다.

그러자 여전히 이해가 가지 않는다는 듯 한 피해자가 아리송한 표정으로 물었다.

"그러면 진짜 참가시켜 주지 않을 텐데요?"

"말씀드렸다시피, 바로 그게 목적입니다, 후후후."

"안 됩니다."

교장은 학폭위가 열린 날, 자신을 찾아온 피해자 가족들의 얘기를 듣고 당연히 안 된다고 못을 박았다.

"우리는 이 상황을 촬영해야겠어요! 지금 우리 아이들이 두들겨 맞았는데 학교 측에서 그걸 옹호할지 어떻게 알아요?"

"우리 학교의 명예를 위해 그럴 수는 없습니다."

"아니, 학교 폭력 피해자가 한두 명도 아니고……."

화가 났다는 이유 하나만으로 조금만 수틀려도 두들겨 패는 김주일이다.

당연히 피해자 가족들은 화가 머리끝까지 난 상황이었다.

"그래도 그건 불가능합니다."

사실 학폭위 자료는 애초에 법적으로 공개하지 못하게 되어 있다.

거기에 당사자와 가해 학생의 정보가 기록되어 있다는 이유로 말이다.

물론 나중에 그 공개를 청구하면 볼 수는 있다.

그러나 현장에서 녹음하거나 녹화하는 것은 불법이다.

그러니 교장은 어쩔 수 없이 피해자 부모들의 요청을 거절해야 했다.

법적으로 허락되지 않은 걸 할 수는 없으니까.

"우리는 해야겠어요."

하지만 노형진이 그걸 몰라서 우기라고 한 게 아니다.

다른 목적이 있기 때문에 우기라고 한 것이다.

아 다르고 어 다른 것이 바로 법이니까.

"그렇다면 참가를 불허하겠습니다."

"뭐라고요?"

피해자 가족들은 입을 쩍 벌렸다.

그들은 피해자다. 법적으로 참가할 권리가 있다.

그런데 참가하지 말라니.

"그건 어쩔 수 없습니다. 죄송합니다. 저희는 이번 학폭위에 피해자 여러분들이 참가하는 것을 불허합니다."

"아니, 그게 무슨 말이야!"

"참가하지 말라니! 그게 말이 돼!"

"이 사람이 미쳤나!"

"그러면 촬영 및 녹음을 포기하세요!"

"그건 절대로 포기 못 해요!"

버럭버럭 소리를 지르는 사람들.

교장은 진땀을 흘렸다.

"그러면 죄송한데 입장 불가입니다."

"뭐요?"

"아까도 말씀드렸다시피 모든 회의 내용은 공개 불가입니다. 그런데 녹화와 녹음을 하시는 것도 모자라서 그걸 방송국에 제공하신다는데, 입장을 시킬 수는 없지 않습니까?"

"아니, 무슨 말을 그렇게 해요?"

"죄송합니다. 저희가 해 드릴 수 있는 게 없네요. 저희가 최선을 다해서 공정하게 하겠습니다."

교장의 말에 몇몇은 순간 포기해야 하나 하는 생각이 들었다.

하지만 이내 고개를 흔들었다.

노형진이 분명히 말했다, 무조건 우기라고.

한 명이라도 들어가면 계획은 틀어진다고.

"우리끼리 알아서 하겠습니다. 사실 의견 청취 말고는 여러분들이 할 게 없으니까요."

교장의 말에 피해자들은 이를 박박 갈 수밖에 없었다.

⚖️

"못 들어가게 될 게 뻔한데 왜 그런 무리한 요구를 한 건가?"

"밀실을 만들기 위해서죠."

"뭐?"

김성식은 고개를 갸웃했다. 밀실이라는 말이 이해가 가지 않았기 때문이다.

"밀실? 무슨 밀실?"

"그들만의 밀실 말입니다. 정확하게는, 그들이 야합하게 하기 위해서죠."

"야합이라니, 도통 모를 소리만 하는군."

노형진은 머리를 긁적거렸다.

하긴, 김성식은 원래 검사였다.

더군다나 그냥 검사도 아니고 중수부의 부장검사 출신이다.

지금은 그만두고 변호사 일을 한다지만, 그런 그가 학교 폭력 같은 사건을 담당할 일은 거의 없었을 것이다.

필연적으로 학교 폭력의 피해자는 힘없는 서민의 자식일 수밖에 없으니까.

피해자들이 부자인 경우는 거의 없다고 봐야 한다.

피해자가 부모면 알아서 학교에서 커트해 버린다.

"음, 학교 폭력이 발생하면 무조건 학교폭력위원회를 열도록 되어 있지요."

"그건 알지."

"그러면 그 안에서 어떤 일이 벌어지는지도 아십니까?"

"그건 사실 잘 모르겠네."

"말 그대로 야합이지요. 정확하게 말하면 피해자들을 앞에 두고 용서를 강요하는 과정, 그게 학교폭력위원회입니다."

"뭐?"

김성식은 눈을 찌푸렸다. 이해가 가지 않았던 것이다.

"그게 무슨 말도 안 되는 소리인가? 학교폭력위원회는 분명히 가해 학생의 징계 수준을 결정하는 제도인데!"

"세상에 100% 제대로만 굴러가는 제도가 있습니까?"

"끄응……."

김성식은 부정하지 못했다.

아무리 좋은 제도를 만들면 뭐 하나, 어떻게든 그걸 악용하는 게 인간인데.

"학교폭력위원회, 줄여서 학폭위가 벌어지면 그 내용은 뻔합니다."

일단 가해자와 피해자가 의견을 주고받는다.

그리고 가해자가 피해자에게 사과하도록 시킨 후 징계 절차에 돌입한다.

"문제는 그 사과가 대부분 요식행위라는 거죠. 대부분의 학교 폭력 가해자들은 반성하지 않습니다. 그냥 사과하라고 하니까 입으로만 사과하는 거지요."

만일 학교폭력위원회가 제대로 작동했다면 학교 폭력은 발생해서는 안 된다.

가해자가 반성을 하고 다시는 안 그래야 정상이니까.

하지만 상당수의 경우 학폭위가 끝나면 다음 수순은 피해자에 대한 가해자의 보복이다.

　물론 학폭위도 완전히 가해자 편만 들어 주는 것은 아니다.

　피해자들의 의견 진술 과정이 있기는 하다.

　하지만 현실적으로 그러한 의견 진술이 가지는 효과는 거의 없다.

　그럴 수밖에 없는 게, 이미 학폭위 측과 학교는 대부분 사건을 은폐하는 쪽으로 방향을 잡은 후니까.

　"나중에 뻔하게도 신고했다고 보복이 들어갑니다. 하지만 그건 거기서는 신경도 안 쓰죠. 일단 요식행위로라도 사과했으니까 사건은 끝인 겁니다. 그리고 그 후부터는 피해자에게 용서를 강요합니다."

　애들끼리 그런 거다, 철이 없었다.

　학폭위에서 하는 대부분의 말은 피해자에 대한 걱정이 아니라 가해자에 대한 걱정이다.

　"이건 이해가 가실 겁니다."

　"그건 이해가 가는군."

　실제 범죄에서도 많은 인권 단체들이 피해자는 절대 걱정하지 않는다.

　그들이 걱정하는 건 오로지 가해자뿐이다.

　"그런 식으로 협박 아닌 협박이 벌어집니다. 수십 명이 피해자와 피해자 가족들에게 용서를 강요하지요."

"하지만 학폭위에는 학부모들이 참석하게 되어 있을 텐데?"

노형진은 고개를 끄덕거렸다.

실제로 규정상 학폭위에는 의무적으로 학부모들이 학교폭력위원으로 참여하게끔 되어 있다.

그들이 중립적인 자리에 앉아서 사건을 해결시키기 위해서다.

"문제는 선발이 학교의 재량이라는 거지요. 배심원처럼 랜덤도 아니고, 안 나온다고 해서 무슨 징계가 있는 것도 아닙니다."

"그게 왜 문제인가?"

"대다수 학생들의 부모님은 맞벌이입니다. 특히나 피해자들은 그런 경우가 더더욱 많지요."

세상은 살기 팍팍하고 아이들을 키우는 데에는 돈이 많이 든다.

그렇다 보니 대부분의 일반인들은 맞벌이로 돈을 번다.

"그 말은 대다수의 부모님들은 학폭위에 위원으로 참석할 수 없다는 거죠."

"으음……."

결국 외벌이를 해도 충분히 버틸 수 있고 사회적 여건이 되는 사람들만 학폭위에 참석하게 된다.

"그런데 그런 사람들은 대부분 아이들이 피해자가 될 일이 없거든요."

"하지만 그래도 같은 부모 아닌가? 심적으로 피해자들과 동조되는 게 있을 텐데?"

"한편으로 생각하면 그렇지요. 하지만 실질적으로 그렇지는 않습니다. 그럴 수밖에 없죠. 가해자들 역시 학생입니다."

"그렇군. 그랬지, 가해자들도 결국은 학생이었어."

"문제는 학폭위에 참가하는 사람들은 법에 대해 잘 모른다는 겁니다. 그리고 그들은 선생님들의 말을 듣고 흔들리게 되지요. 자기 자식이 학교에 다니는 동안 학생의 생기부를 쓰는 건 학교와 선생님입니다. 그런데 만일 그들의 의견에 반한다면? 거기에 어떤 부정적인 말이 들어갈지 모른다는 거죠."

"보복이다 이건가?"

"아예 없었던 일도 아니지 않습니까?"

노형진의 말에 김성식은 눈을 찌푸렸다.

실제로 그런 일이 있어서 재판까지 했으니까.

"그 후에는 뻔하죠."

아무리 가슴이 아파도 중요한 것은 자신의 아이들이지 남의 아이들이 아니다.

더군다나 여건이 된다는 특성상 자기 자녀가 피해자가 될 가능성은 거의 낮다.

학교에서 그런 아이들을 건드리는 걸 그냥 두고 보지는 않으니까.

"거기에다 기본적으로 거기는 공정한 싸움이 될 수가 없지요. 학교는 기본적으로 변호사 역할을 하니까요."

학교와 선생님들은 끊임없이 '실수다.', '애들이 그럴 수 있다.'라는 말로 가해 학생들에게 실드를 친다.

그에 반해 피해 학생들을 대변해 주는 사람은 없다.

부모들이 대변해 주려는 경우도 있지만, 숫자에서도 부족하고 여론에서도 부족할 수밖에 없다.

학교 측에서 그런 식으로 말하기 시작하면 거의 백이면 백 학부모 학폭위원들이 휩쓸리니까.

"뻔하죠. 여러분의 아이들도 그런 실수를 할 수 있습니다, 하는 식으로 몰아갈 겁니다."

"그 학폭위원들의 자식들이 다음 왕따 대상자가 될 가능성은 없다 이건가?"

그들은 학교의 보호 대상이니까.

당연하게도 그들은 피해자보다 가해자에게 심적인 동조를 하게 된다.

"부모가 아무리 억울하다고 말해도 그건 안 먹히죠."

심적인 억울함? 그건 그들에게 중요한 게 아니다.

물론 학폭위에서 논리적으로 말할 줄 아는 피해자 가족이 없는 것은 아니다.

"학폭위가 기본적으로 징계를 위해 열리는 것이기는 하지만, 현재의 목적 자체는 가해자의 용서에 맞춰져 있습니다."

거기서 논리적으로 말해 봐야 소용없다.

"법이 개입하는 게 아니니까요."

차라리 법으로 규정되어 있다면 논리 싸움이 되지만, 법이 없다면 그건 논리 싸움이 아니라 감정과 숫자 싸움이 된다.

"그래서 피해자에게 수백만 원을 빼앗고 두들겨 패서 입원 시켜도 그들에게 떨어지는 건 보통 정학 정도입니다. 애초에 학폭위에서 내릴 수 있는 최대 처벌이 퇴학이고요."

"아…… 그건 전에 들었네."

퇴학이나 강제 전학이 그나마 강력한 처벌인데 그걸로 소송을 걸면 학교 측은 거의 저항하지 않아서 대부분 법원에 가서 취소되어 버린다.

"그리고 학교폭력위원회에 참가해 봐야 피해자 가족들에게는 속 터지는 것밖에 없습니다."

"이해는 하겠네. 하지만 아예 모르면 속이야 안 터지지만, 제대로 처벌이나 받겠나?"

피해자 가족들이 있는 상황에서도 그 지경이다.

그런데 피해자 가족들도 없는데 그들이 뭘 할지는 뻔하다.

아주 대놓고 야합을 하고 터무니없는 처벌로 끝낼 것이다.

"제가 노리는 게 그겁니다."

"응?"

"당사자가 없으면 그들은 아마 자기들 마음대로 처벌 수위를 낮출 겁니다."

"그런데?"

"문제는 현행법상 학폭위에서 있었던 일을 알 수가 없다는 거지요."

"공개 불가니까. 그게 중요한 거 아닌가?"

"그렇지요."

노형진은 어깨를 으쓱했다.

"그래서 제가 우기라고 한 겁니다. 들어가지 마시라고요. 당사자가 없다면 거기에서 무슨 일이 벌어질지 알 수가 없으니까요."

"당사자가 없다?"

"네. 거기서 뇌물을 줬는지 아니면 금품을 뿌렸는지 아니면 성적인 접대를 했는지……."

순간 김성식은 노형진이 뭘 노리는지 알아차렸다.

"뭔 일이 있는지 모른다, 그리고 처벌은 터무니없이 낮아졌다."

"네, 그게 핵심이지요."

당사자도 없겠다, 애초에 그들이 처벌을 강하게 할 리 없다.

"그리고 우리는 그들을 뇌물 수수로 고발하면 됩니다."

"허, 그들은 완전히 이쪽에 놀아나는 셈이군."

고발은 제삼자도 할 수 있는 법률행위. 증거 같은 게 필요한 일이 아니다.

그저 정황상 무척이나 의심스러우면 된다.

"물론 정황상 상당히 의심스럽지 않다면 그건 무고죄가 될 수 있지요. 하지만 이 경우에도 무고가 성립될까요?"

성립될 수가 없다.

당사자가 참석하지 못한 상황에서 처벌이 터무니없이 낮게 나왔으니, 그 상황에서는 뇌물을 의심하는 게 자연스러운 일일 테니까.

"우리는 그걸로 선생님들을 고발할 겁니다."

지금까지는 업무상배임으로 고발을 했다.

하지만 지금 법원에서는 학교 폭력으로 업무상배임을 넣으면 무조건 혐의 없음으로 넘겨 버린다.

그건 가능하다.

일단 업무상배임죄의 여부를 판단하는 데에는 그 업무를 제대로 했는지 안 했는지가 중요하니까.

"그건 개인적인 부분이 많이 들어가지요."

확인 자체도 애매하다.

어떤 부분까지가 일을 한 건지 안 한 건지도 말이다.

"확실히 그렇지. 단순히 학폭을 막지 않았다고 해서 그게 업무상배임이 되지는 않으니까."

그게 소문이 난 거고 말이다.

"하지만 뇌물죄로 고발하면 기본적으로 계좌 조사가 들어갑니다."

계좌를 조사하지 않는다면 그건 경찰이나 검찰이 일을 제대로 하지 않았다는 뜻이다.

　뇌물을 받음으로써 성립하는 범죄인데 계좌 조회 기록 하나 없이 그냥 '혐의 없음'으로 넘어갈 수는 없다.

　"하지만 그런다고 해서 학폭이 사라질까? 사실 학폭 자체를 처벌하려 하지 않아서 그렇지, 학폭 가해자와 그 부모가 무조건 학교에 돈을 주는 건 아니지 않나?"

　노형진은 고개를 끄덕거렸다.

　"애초에 학폭 가해자들이 돈을 줄 가능성은 낮지요."

　"그러면 어쩌려고?"

　"하지만 교장과 교감 그리고 주요 선생님들이 다른 곳에서도 돈을 안 받을까요?"

　노형진의 말에 김성식은 자신도 모르게 '허.' 하는 감탄사를 내뱉었다.

　"그렇군. 내가 그걸 생각 못 했군."

　교장과 교감쯤 되면 사방에서 들어오는 돈이 장난이 아니다.

　물론 제대로 일하는 교장과 교감이 없는 것은 아니다.

　하지만 그런 사람들은 애초부터 학폭을 막으려고 하지 은폐하려고 하지는 않는다.

　"수학여행과 관련해서 받는 돈, 학교 급식에 관련해서 받는 돈, 학교의 수업 기자재와 관련해서 받는 돈, 학교 도서관과 관련해서 받는 돈. 더 말씀드려 볼까요?"

　심지어 교복을 만드는 시기가 되면 대량 주문을 핑계 삼아서 돈을 받기도 한다.

교장이 썩은 인간이라면 어떻게 해서든 그걸 받으려고 별짓을 다 한다.

"물론 일선 선생님이 다 받지는 않겠지요. 하지만 아시지요? 조직을 지배하는 것은 다 윗놈입니다."

돈을 받는 건 교무주임 이상의 고위직 선생들인데, 그들은 대부분의 경우 학교 폭력의 중재자로서 직접적인 위치에 있다.

그 말인즉슨 학폭위에서 무슨 일이 있었는지 모른다면 그들이 가장 먼저 고발 대상이 된다는 것이다.

"허, 그게 목적이었나?"

"어차피 들어가 봐야 이쪽 말은 안 들어 줍니다. 효과도 거의 없고요. 그렇다면 차라리 그들이 마음대로 수작 부릴 수 있는 기회를 주는 것도 나쁘지 않지요."

선생님들에게는 그러한 고소 고발 자체가 심각한 압박으로 돌아올 수밖에 없다.

특히나 진짜로 뭔가 받아먹은 적이 있다면 말이다.

"당연히 그들은 조사를 막아야 하겠지요. 그러면 어떻게 해야 할까요?"

"반대로 돌변하겠군."

고발을 할 건더기를 주지 않기 위해 어떻게 해서든 도리어 강력한 처벌을 주장할 것이다.

"물론 그건 시작일 뿐입니다. 사실 학폭위의 처벌은 뻔하니까요."

강력하다고 해도 결국은 퇴학 수준이고 대부분은 강제 전학으로 끝난다.

"그리고 가해자 쪽에서 소송하면 대응하지 않겠지. 그건 고발 건수도 아니니까."

그건 업무상배임으로도, 그렇다고 뇌물 수수로도 성립하기 힘들다. 그저 바쁘다는 말 몇 마디면 된다.

"학교 쪽은 대충 정리되는 것 같군. 좀 웃기는군. 학교 폭력을 막는 유일한 해법이 법을 지키지 않는 거라니."

"어쩔 수 없습니다. 저쪽은 애초에 법을 지킬 생각이 없어요."

법원과 검찰에서 대놓고 처벌 못 하겠다고 버티는데 법을 지키겠다고 하면 병신이다.

"애초에 형사소송을 해도 소용은 없지 않나?"

미성년자라는 특성상 청소년 보호법 때문에 강력한 처벌에는 한계가 있다.

그런데 노형진이 그 해결책으로 제시한 것은 생각지도 못한 방식이었다.

"지금 소송하지 않으면 됩니다."

"뭐라고? 그러면 언제 고소하려고?"

김성식은 고개를 갸웃했다.

당장 피해가 발생하면 경찰에 신고하는 것이 보통이다.

그런데 노형진은 지금 신고하지 않겠다고 했다.

"성인이 된 후에 하는 거죠."

"성인? 이미 그렇게 하고 있지 않나?"

"그건 민사고요."

노형진은 차분하게 말했다.

실제로 민사소송의 경우 손해배상을 성인이 된 후에 함으로써 사회적으로 자리도 못 잡게 만들기는 했다.

"하지만 현실적으로 그게 별 효과가 없지요."

일단 정부에서 손해배상의 인정액을 너무 낮게 잡아 주는 데다가 가해자가 성인이 되었다고 해도 부모의 품에서 바로 벗어나는 게 아니라 부모가 물어 주고 끝내는 경우가 대부분이었다.

"하지만 이제 형사도 한 5년에서 25년 사이에 할 예정입니다."

"아니, 왜 그렇게까지 오래 있겠다는 건가?"

"보통 중학교 2학년쯤 되면 학교 폭력이 시작됩니다. 그리고 5년쯤 지나면 성인이 되지요."

"그래서 그게 무슨……?"

말을 하던 김성식은 노형진이 뭘 노리는지 알아차렸다.

"공소시효."

공소시효란 범죄가 있던 날로부터 시작되는 일종의 처벌 시효다.

쉽게 말해서 범죄 후 몇 년이 지나면 그 범죄는 면죄 처리되어서 처벌 대상이 되지 않는다.

"보통 우리는 사건이 일어나면 바로 신고해 왔지요. 하지만 생각해 보니 그럴 필요가 없더군요."

공소시효가 있는 이상, 그 기간이 지나기 전에만 신고하면 된다.

물론 친고죄 같은 경우는 일정 기간 이내에 고소를 진행해야 하지만 이러한 폭력 행위나 친고가 아닌 범죄들은 그런 규정이 없다.

"가장 기본적인 게 바로 폭력이지요."

일진들은 주먹질을 통해 다른 학생들을 통제하려고 한다.

당연히 대부분의 학교에서 폭력은 기본으로 깔고 간다.

"5년 후면…… 그렇군."

중학교 2학년 때 사고를 친다고 하면 고 3이고, 그 이상의 학년에서 사고를 친다고 하면 성인이다.

당연히 대학 입학을 앞두고 있거나 사회생활을 시작하는, 아주 중요한 인생의 분기점이다.

"고 3이 되었는데 폭력으로 불려 나가기 시작하면 대학에 멀쩡하게 가겠습니까?"

갈 수 있을 리 없다.

어떻게 멘탈을 유지해서 시험을 잘 본다고 해도, 일단 폭력으로 처벌 기록이 남으면 대학교 면접에서 어마어마한 마이너스 점수를 먹고 시작한다.

"그리고 보통 그러한 폭력은 감금을 동반하죠."

일진들은 상대방이 도망갈 수 없는 곳으로 끌어내거나 불러내서 폭행을 가한다.

도움을 요청하지 못하게 하기 위해서다.

그러한 폭행뿐만이 아니다.

학생이라는 이름으로 보호받고 처벌받지 않을 뿐, 그들이 저지르는 범죄는 형법적으로 볼 때 강력 범죄로 분류된다.

"모든 사건은 케이스 바이 케이스입니다."

어느 날 돈을 빼앗았다면 그건 강도.

어느 날 끌고 가서 두들겨 팼다고 하면 그건 감금 및 폭행.

그다음 날 다시 돈을 빼앗아 가면 그건 갈취다.

"보통 학교 폭력은 가해자가 학생이니까 대충 하나로 묶어서 처벌하려고 합니다."

하지만 만일 공소시효를 이용한다면 어떨까?

"형사처벌의 기준은 범죄를 저지른 나이가 아닙니다. 그 처벌을 받는 시점의 나이죠."

공소시효는 모든 범죄마다 다 따로 붙어 있지 않다.

공소시효는 형법상 최대 형량을 기준으로 결정된다.

가령 무기징역이나 무기금고급의 범죄는 15년, 장기 10년 이상의 징역은 10년, 그 이하는 7년, 장기 5년 미만은 5년, 그리고 장기 5년 이상의 자격정지는 공소시효가 3년 같은 식이다.

문제는 가해자들이 저지르는 대부분의 범죄인 강도나 폭

행, 갈취 등은 일반적으로 공소시효가 7년에서 5년 사이라는 거다.

그리고 그 정도 시간이면 중학교 2학년 이상만 되었다고 해도 만 18세가 넘으니 당연하게도 그게 고발되는 순간 그들은 성인으로서 처벌을 피할 수 없게 된다.

가해자들이 그때 가서 후회해 봐야 그들은 이미 성인이니 삶을 시작하는 결정적 순간에 인생을 망쳐 버릴 수 있다.

"어디 보자…… 납치, 감금, 폭행쯤 되면 잘 맞춰서 결혼식을 할 때 가서 수갑을 채울 수 있겠는데요?"

"자네…… 악마인가?"

당장 그 정도 계획이 절반만 이루어져도 가해자가 누구든 간에 인생은 확실하게 망가트릴 수 있다.

"사회가 사람을 자꾸 악마로 만드네요."

노형진은 어깨를 으쓱하며 말했다.

"하지만 진짜 악마 노릇은 지금부터입니다."

"응? 무슨 소리인가?"

"그걸 상대방한테 알릴 거거든요."

"뭐?"

"보통 학폭 가해자들의 부모들과 선생님들이 쓰는 가장 강력한 무기가 '어리다'입니다."

하지만 이 작전에는 아예 어리다는 변명 자체가 통하지 않는다.

폭력을 행사했을 때는 어렸을지 몰라도 처벌받을 때는 어리지 않으니까.

"물론 과거에 한 범죄이니 조금 선처받을 수는 있겠지요."

하지만 아무리 선처해도 감금, 납치, 폭행 같은 것은 절대로 쉽게 형량을 줄일 수가 없다.

애초에 최저 형량이라는 게 있는 범죄이니까.

"청소년 보호법은 그러한 일반법에 대해 특수법적 입장이니까요."

법률상 특수법이 우선하면 특수법을 우선 적용하는 게 규칙이다.

하지만 성인이 된 후에는 청소년 보호법의 적용이 끝나 일반 형법의 처벌을 받게 된다.

"사형수들이 힘들어하는 게 뭔지 아십니까? 죽는 거요? 아니, 그것도 힘들죠. 하지만 진짜 힘든 건 언제 죽을지 모른다는 겁니다."

과거에는 사형수들이 저항할까 봐 면회가 왔다는 말로 끌어내서 사형을 집행했다고 한다.

그래서 그 당시에는 면회가 왔다고 하면 진짜 면회라고 해도 나가지 않으려고 발악하며 창살에 매달려 버티는 경우가 많았다.

"가해자들은 지금이 지나면 편해질 거라 생각하지요. 하지만 이 사실을 알게 되면 기분이 어떨까요?"

아무리 발악해도 결국 그들은 자신들의 인생이 끝장났다

는 걸 알게 될 것이다.

성인이 되는 순간 그들은 최소 전과자가 되고 최악의 경우 실형을 피할 수 없게 된다.

그들은 하루하루 성장하는 것이 두려워질 것이다.

물론 가해자들은 잘 모를 수도 있을 것이다.

하지만 가해자들의 부모는?

사회생활 좀 해 본 그들이 그게 의미하는 바를 모를까?

"이걸 통지하는 순간부터 그들은 피가 마를 겁니다."

자식의 인생이 파멸하는 것은 이미 확정됐고, 카운트다운만 되는 거니까.

"으음…… 자네 진짜 잔인하군."

"잔인한 게 아닙니다. 세상 모든 것에는 이자가 있는 법입니다."

당연히 범죄에 대한 처벌에도, 그걸 피해 갔다면 그 이자가 붙어야 한다는 게 노형진의 생각이었다.

"애초에 처음부터 반성을 했다면 이자는 안 붙겠지요."

하지만 그들은 사건을 은폐하고 축소했다.

그리고 이제 그 이자를 확실하게 찾아갈 시간이었다.

"뭐라고요?"

동서욱과 김주일의 부모들은 기가 막혔다.

"민사소송을 진행하겠습니다. 그 손해배상을 하셔야지요."

형사 같은 경우는 공소시효가 있다.

친고가 아닌 경우 그 안에만 고소를 하면 된다.

하지만 민사는 사건이 있었던 날로부터 3년 이내에 해야 한다.

'물론 재판부에서 터무니없는 금액을 결정하겠지만.'

그러나 민사에 관해서는 두 아이의 부모도 중요하게 생각하지 않았다.

그깟 돈푼, 주면 그만이라고 생각했으니까.

하지만 그 전에 한 말은 심각한 문제였다.

"형사 고소를 하지 않는다고요?"

"형사 고소를 아예 안 한다고는 안 했습니다. '지금' 안 한다고 했지요. 아드님들이 성인이 된 후에 고소를 넣을 생각입니다."

"이런 미친 새끼가!"

"미친 게 아니죠. 아드님이 어리니까 처벌을 받지 않는다고 하셨지요?"

노형진은 눈을 반달로 휘었다.

지겹게 들은 말이다.

학폭 가해자들이 하는 가장 뻔한 변명.

"그러면 더 이상 어리지 않은 상태에서 처벌받으면 됩니다."

성인이 된 후에 신고를 해서 법의 준엄한 심판을 받게 만들겠다는 말.

"그게 가능할 것 같아!"

"가능합니다. 충분히 가능하지요."

노형진은 고개를 끄덕거렸다.

"신고를 하는 시점이 정해져 있는 건 아니거든요."

그렇게 되면 사법 체계가 제대로 돌아가지 않게 된다.

모든 범죄자들이 피해자를 협박해서 신고하지 못하게 할 테니까.

"물론 친고죄 같은 건 지금 고소할 겁니다만."

하지만 친고가 아닌 사건들은 몇 년 후에 고소할 거다.

"그리고 그때는 지금처럼 흐리멍덩하게 학교 폭력으로 고소하지 않을 겁니다."

노형진은 그렇게 말하면서 가해자들의 부모를 바라보았다.

"어디 보자…… 동서욱 학생의 경우 절도가 서른 건, 강도가 백스무 건, 폭행이 이백스무 건, 납치 및 감금 폭행이 열두 건이네요."

그는 중학교 3학년 때부터 계속 일진으로 활동하면서 어마어마한 범죄를 저질렀다.

'이걸 지금 신고하면 학교 폭력으로 묶어서 한 방에 처리하고 끝내겠지.'

대부분의 범죄는 저지른 시기도, 피해자도, 범죄가 벌어진 장소도 다 다르다.

하지만 학교 폭력은 일단 다 묶어서 처벌한다.

가해자의 미래를 '보호'한다는 미명하에 말이다.

"성인이 되면 처벌이 좀 강해지는 건 아시죠?"

노형진은 당황한 가해자들의 얼굴을 보면서 능글거렸다.

'내가 왜 이 생각을 못 했나 몰라?'

그때가 되면 재판부는 이걸 봐줄 수도 없다.

그랬다가는 다른 범죄자들과 양형 차이가 날 수밖에 없기 때문이다.

물론 어려서 철없을 때 저지른 죄이니 어느 정도 감형은 가능하겠지만, 그건 압도적인 숫자로 밀어 버리면 그만이다.

사실 성인이 되면 이 정도 되는 범죄를 저지를 수가 없다.

그 전에 이미 실형이 나오니까.

그러나 학생이라는 이유로 보호를 받던 그들에게는 그 죄가 한꺼번에 찾아온다.

"납치, 감금, 폭행은 기본적으로 무조건 실형인 거 아시죠?"

이게 무슨 소리냐면, 아무리 재판부가 봐주고 싶어 해도 법에서 정한 가장 낮은 처벌이 실형이기 때문에 이런 죄는 실형이 나올 수밖에 없다는 뜻이다.

"거기에다 미성년자 약취 유인이니까……."

노형진은 슬쩍 법전을 펼쳤다.

물론 그가 그 규정을 모르는 게 아니다.

안다. 하지만 상대방을 압박하기 위해 고의적으로 그 규정을 꺼내 들었다.

"1년 이상 10년 이하 징역이네요."

"미성년자라니! 그게 뭔 개소리야!"

"개소리 아닌데요? 사건의 규정은 피해자의 피해 당시 나이를 기준으로 하게 되어 있습니다. 아, 물론 가해자의 경우는 처벌 당시의 나이를 기준으로 정하게 되어 있고요."

이게 무슨 소리냐면, 지금은 같은 나이지만 그가 성인이 되는 순간 사건 당시에 피해자가 미성년자였기 때문에 규정상 미성년자 납치가 성립된다는 소리다.

처벌은 성인처럼 받고 말이다.

"그런 건수가 열두 건이라⋯⋯. 최소 12년이네요. 다른 범죄도 있으니까, 이거 한 30년쯤 살다가 나오셔야겠습니다."

"아니, 내 아들이 언제 그랬다고!"

"언제 그랬냐고요?"

노형진은 코웃음을 쳤다.

"이거 다 증인이랑 증거 모두 확보한 사건들입니다."

학교가 끝난 후에 학원에 가는 피해자를 끌고 가서 폭행하든가 산으로 끌고 가서 집단 구타했다.

심한 경우 피해자의 집까지 찾아가서 구타를 했다.

"납치라는 게 뭔데요? 상대방의 의사에 반해 강제로 끌고 가는 게 납치입니다. 그리고 그곳을 떠나려고 하는 걸 막는 건 감금이지요."

당연히 그들이 그런 이유는 자기들 방식대로 손봐 준다는 게 목적이었다.

그 손봐 주는 가장 큰 이유는 돈이고.

"금전을 목적으로 납치, 감금, 폭행을 했습니다. 이 이상 무슨 말이 필요한가요?"

부모들은 정신이 아득해졌다.

노형진이 한 말이 농담이 아니라는 걸 알아차린 것이다.

"아드님들이 감옥에서 행복한 여생을 보낼 수 있도록 저희 가 '풀 패키지'로 준비할 테니까 걱정하지 마세요."

노형진은 피식 웃으며 말했다.

"아마 거기에 가면 선배 수감자들이 여러모로 예뻐해 줄 겁니다. '여러모로' 말이지요, 후후후."

⚖️

노형진이 간 후에 그들은 다급하게 변호사를 찾아갔다.

어떻게 해서든 막아야 했기 때문이다.

그러나 변호사의 말에 그들은 당황했다.

"이런 생각을 어떻게 한 거지?"

"막을 수 있습니까? 네? 막을 수 있냐고요?"

"그게 말이지요……."

변호사는 침중하게 말했다.

"못 막습니다."

"뭐라고요?"

"그 노형진이라고 했던가요? 그 변호사 말이 맞습니다. 이미 성인이 된 후에 그때 가서 고소를 넣으면 그건 못 막습니다. 아직 공소시효가 지나지 않았으니까요."

"하지만 당장 안 넣는다고 하잖아요!"

"친고죄가 아니면 그건 법적인 하자가 아닙니다."

범죄의 피해자들이 가해자가 두려워서 고소를 넣지 못하는 경우도 많다.

그런 경우 어마어마한 숫자의 범죄가 은폐될 수밖에 없기 때문에 이런 비친고죄 고발은 공소시효 이전에만 하면 된다.

"하지만 그러면 우리 애들은요?"

"그의 말대로 성인으로 규정되어서 처벌받을 겁니다. 일단…… 징역 1년은 기본으로 나오겠네요, 건당."

"아니, 어려서 한 거고 그냥……."

"어린 게 중요한 게 아닙니다."

법에서 정한 최저한의 처벌이 징역 1년이기 때문이다.

노형진의 말대로 건수가 열두 건이면 개별적으로 고소를 넣는다고 생각했을 때 그건 최저 라인이다.

"그러면 어떻게 합니까? 네? 어떻게 하느냐고요……."

부모들은 멘붕이 왔다.

자식의 미래가 확실하게 박살 날 수밖에 없는 상황이 되었기 때문이다.

"음……."

변호사는 한참 고민을 했다.

"가장 좋은 방법은 지금 용서를 빌고 합의를 하는 것이지만……."

문제는 이 중 상당수가 합의를 거절할 것이기 때문에, 형량을 좀 줄일 수는 있겠지만 완전한 해결책은 안 된다는 거다.

"다른 방법이 있기는 합니다."

"어떤 건데요?"

"자수하는 겁니다."

"네?"

"자수하는 거죠. 노형진이라는 그 변호사가 노리는 건 아드님들이 성인이 됨으로써 청소년 보호법의 보호를 받지 못하는 상황이 되는 것입니다. 하지만 자수하면 아직 미성년자이니까 청소년 보호법의 보호를 받게 됩니다."

"아!"

"형사상 일사부재리라는 게 있지요. 자수해서 처벌이 낮아져도, 일단 처벌을 받았다면 저쪽은 재처벌을 요구할 수 없습니다."

"아! 좋은 생각입니다, 선생님! 당장 자수시킬게요."

"현재로써는 그 방법뿐이네요."

변호사의 말에 다들 자리에서 벌떡 일어났다.

그러나 그들은 몰랐다.

노형진이 그것도 예상했을 거라고는 말이다.

"자수시키겠지요. 일단 형량을 줄여야 하니까."

"그러면 자수하면서 반성을 하겠군. 그리고 다시는 못 괴롭히겠어."

김성식은 노형진의 계획이 멋지다고 생각했다.

하지만 노형진의 계획은 좀 달랐다.

"반성요? 누가요? 일진 놈들이? 에이, 그놈들이 반성할 새끼들입니까?"

"응? 아닌가?"

"그 새끼들은 반성할 새끼들이 아닙니다. 반성해서 자수하는 게 아니라 처벌받기 싫어서 자수하는 걸 텐데, 반성을 하겠습니까?"

"으음…… 그런가?"

"그리고 말이지요, 그 새끼들은 자기가 미성년자인 거 너무 잘 압니다. 요즘 애새끼들이 얼마나 영악한데요."

안 봐도 뻔하다.

일단 자수하면 감경 사유에 해당된다.

당연히 그 녀석은 자수해서 처벌을 낮추고 다시 와서 학교 폭력을 하다가 다시 자수하기를 반복할 것이다.

"감경을 통해 제대로 처벌받지 않을 걸 아니까요."

"그러면 어쩌려고?"

"저는 뭐 어쩌지 않습니다. 이미 진행 중이거든요."

"진행 중?"

"이런 말이 있지요. 때린 놈은 기억하지 못해도 맞은 놈은 기억한다."

"그렇지. 그런 말이 있지."

"그게 이번 사건의 핵심입니다."

"핵심?"

"그놈들이 자기가 때린 거 다 기억할 것 같습니까?"

"아, 무슨 말인지 알겠네. 자수라고 해도 한두 건이 아닐 테니까."

자수를 한다고 하면 그 죄에 대한 명확한 인식이 필요하다.

무슨 의미냐면, 범죄를 특정하지 못하면 자수 자체가 불가능하다는 소리다.

지금 상황이 딱 그렇다. 가령 '학교 폭력으로 모월 모일부터 모월 모일까지 한 행동에 대해 자수하겠습니다.'라는 식의 자수는 불가능하다. 언제, 어디서, 무엇을, 어떻게 이 명제가 확실하게 충족되어야 한다.

"그리고 가해자들은 대부분 그걸 모르죠."

그저 일상이었고 지나가는 일이니까.

자신들이 힘을 가지고 있고 그걸 누리는 게 당연했으니까.

"자수? 할 수 있겠지요."

물론 그들이 기억하는 다른 범죄가 있을 수도 있다.

그건 자수할 수도 있다.

"하지만 그들이 기억하지 못하는 범죄가 대부분일 겁니다."

자수를 하기 위해서는 그 모든 죄를 다 알아야 하는데 그들은 모른다. 결국 그들이 한 자수는 일부만이고, 나머지에 대한 고소 고발권은 여전히 살아 있다.

"결국 자수라는 게 그다지 의미가 있는 행동이 아니었군?"

"그렇지요."

그래서 그냥 둔 거다.

아니, 그들이 그 이후에 할 행동에 대해 알고 있기에 그걸 노리고 있는 거다.

"당연히 경찰에서는 그걸 그들에게 이야기하겠지요."

"그런데?"

"그러면 그걸 그들이 누구에게 물어볼까요?"

노형진은 실실 웃으며 말했다.

"그래서 언제 내가 때렸냐고."

"아니, 그게……."

김주일은 상대방을 보면서 눈을 부라렸다.

"난 기억이……."

"이 씹째끼가 확! 제대로 말 안 해? 어? 뒈질래? 뒈질래?"

멱살을 잡아서 구석으로 몰아가는 김주일과 그 패거리.

"내가 언제 때렸는지 말 안 해? 확 마, 이 씹째끼가, 뒈질래? 어?"

그들이 그렇게 다른 학생을 위협하고 있을 때 그 뒤로 노형진이 조용히 나타났다.

'그렇지, 제 버릇 개 못 준다고 하지.'

그들이 처벌을 면하기 위한 유일한 방법, 그건 자수다.

그런데 자수하자니 명확한 시기가 필요하단다.

당연히 그걸 피해자들에게서 알아내야 하는데, 문제는 피해자들에게 그들이 미안하다, 잘못했다고 할까?

아니다. 그들은 똑같은 짓을 할 것이다.

자기들이 가진 힘으로 윽박질러서 말이다.

안 그래도 가오가 상했는데 빌어야 한다는 게 자존심 상할 테니까.

"축하하네. 이거 또 한 건의 납치, 감금, 협박이다. 알지?"

"뭐야?"

갑자기 들려온 목소리에 고개를 돌린 김주일은 당황했다.

가장 만나기 싫은 인간이 뒤에 있었으니까.

"어…… 어떻게?"

"피해자가 그 애만 있는 줄 아냐?"

그 피해자들은 김주일을 감시하고 있었고, 그가 다른 학생을 끌고 화장실로 들어가는 걸 보고 바로 노형진에게 연락한 것이다.

"이게 무슨 감금이야!"

"어따 대고 반말을 하는지. 그리고 이거 감금 맞아."

상대방이 그곳을 떠나고 싶어 하지만 지금 김주일은 폭력을 이용해서 붙잡아 두고 있다.

"그걸 보통 감금이라고 한단다, 이 핏덩이 새끼야."

김주일과 그 패거리의 얼굴은 사색이 되었다.

부모에게 듣기로는 납치, 감금이 최소 1년 형이라고 했으니까.

"아니…… 전, 이 애가 시킨 거예요."

"전 아무것도 안 했어요."

"아, 씨발! 아가리 안 닥쳐!"

마음 약한 놈들이 바로 벌벌 떨기 시작하자 김주일은 소리를 빽 질렀지만 이미 눈은 격하게 흔들리고 있었다.

"그리고, 보셨지요?"

노형진은 그들에게 신경 쓰지 않았다.

그 대신에 등 뒤에 있는 사람에게 말했다.

"교장……."

그가 모습을 드러내자 일진들은 얼굴을 찌푸렸다.

"민사소송에 대한 보복이 이렇게 천연덕스럽게 벌어지고 있는데, 이걸 그냥 두실 겁니까?"

교장은 그들을 죽일 듯이 노려보았다.

그럴 수밖에 없는 게, 그들 때문에 자신이 뇌물 수수로 고발당했기 때문이다.

문제는 그들에게 안 받았다 뿐이지 실제로 일부 받은 경험이 있다는 거다.

당연하게도 그의 목이 간당간당한 상황이다. 그런 상황에서 노형진도 미워 죽겠는데 일진들은 또 사고를 쳤으니까.

"뭐, 법원을 통해 접근 금지 명령을 받아 내겠습니다. 길바닥에서 수업을 하든 아니면 바깥에서 수업을 하든, 그건 제 알 바 아니고요."

노형진은 교장을 보고 실실 웃었다.

"접근 금지 명령 해 놨는데 강제로 같은 구역에 두시면 그것도 형사처벌 대상인 거 아시죠?"

노형진의 말에 교장은 똥 씹은 표정만 할 뿐 대답은 하지 못했다.

"결국 학교에서 잘렸다면서?"

"잘릴 수밖에 없지요."

한두 명도 아니고 일진 패거리 대부분이 잘렸다.

"애초에 학교에 다닐 수 없는 상황이니까."

사건을 덮어 줬다가 교장과 교감 그리고 다른 학부모들까지 고발당했다.

당연히 다시 벌어진 학교폭력위원회에서는 누구도 그들을 편들어 주지 않았다.

"그래도 한꺼번에 열 명이나 자르다니, 아주 독하게 마음먹었나 보군."

"독하게 마음먹은 게 아닙니다. 그냥 귀찮은 것뿐이지요."

물론 그걸 가지고 가해자들의 부모가 소송을 걸 것이 뻔하다.

하지만 이번에는 상황이 달라졌다.

전에는 좋은 게 좋은 거라고 그냥 모른 척했을 게 뻔한 학교가, 이번에는 저들이 돌아오는 걸 어떻게 해서든 막아야 한다.

"접근 금지 명령이 떨어졌으니까요."

노형진은 피해 학생들의 이름으로 가해자들에게 접근 금지 명령을 내려 놨다.

최대 30미터 반경으로는 들어가지 못하게 말이다.

"문제는 학교라는 공간은 뻔하다는 거죠."

학교라는 공간은 크지만 운동장을 뺀 건물은 크지 않다.

더군다나 피해자들은 한 곳에만 있는 게 아니다.

당연히 그 일진들이 속해 있던 그 반은 물론이거니와 상하좌우 모두 30미터이다.

실질적으로 워낙 피해자가 많아서 그들은 학교 건물 자체에 들어가는 게 불가능하다.

"학교에서 그들을 가르치기 위해서는 땡볕 아래에서 따로 가르치든가 아니면 새로 건물을 올려야 합니다."

하지만 학교에서 그렇게까지 그들을 지키려고 할 리 없다.

"그들에게 가장 확실한 방법은 퇴학이지요."

그리고 최소한 학교는 이제 피해자들에게 안전한 장소가 되었다.

"이제 일진들을 그냥 두고 볼 학교는 없을 겁니다."

"확실히 그렇기는 하겠군."

기존의 방식과 확연히 다른 방식이다.

이건 사법부에서 막고 싶다고 해서 막을 수 있는 방식이 아니다.

학교 입장에서도 학교에 심각한 타격이 가는 데다가, 가해자의 입장에서도 지금 조금 깐죽거리는 대가로 미래의 자기 인생을 확실하게 말아먹을 수 있으니까.

"모든 학교에서 처벌을 성인 이후로 미루도록 홍보하고 있으니까."

일진들은 이제 청소년 보호법을 무기 삼아서 학교 폭력을 행사하지는 못할 것이다.

"뭐, 일단은 말이지요."

"일단은?"

"우리는 방법을 찾을 것이다, 늘 그랬듯이."

"엥? 그게 무슨 말인가?"

노형진은 아직 나오지 않은 영화 카피를 이야기하면서 피식 웃었다.

"이게 우리만의 말은 아니라서요. 사법부에서도 써먹는 말입니다."

"그게 무슨 말인가?"

"일단은 우리가 다른 방법으로 막아 놨지요. 문제는 일하기 싫어하는 사법부가 또 이걸 막으려고 할지도 모른다는 거지요."

"으음…… 부정은 못 하겠네."

김성식은 혀를 끌끌 찼다.

그도 안다. 자신들의 실적에 도움이 안 되면 재판부나 검찰은 거의 일을 하지 않으려고 한다.

그래서 어떤 경우에는 열성적으로 일하고 어떤 경우에는 일을 안 하는 거다.

심각한 경우에는 커리어에 도움이 안 되는 일은 그냥 하지 않으려고 하는 걸 넘어서 이번처럼 아예 고소 자체를 막으려고 시도하지만, 커리어에 도움이 되는 경우에는 억울한 피해자 따위는 신경도 쓰지 않는 방식으로 사건을 처리해 버린다.

"하지만 그걸 막을 방법이 없지 않나?"

"아니요. 없지는 않습니다."

"뭐?"

노형진의 말에 김성식은 깜짝 놀랐다.

그걸 어떻게 막는단 말인가?

"이런 말이 있지요, 악화가 양화를 구축한다고."

"그건 나도 아네만."

노형진은 고개를 끄덕거리며 말했다.

"규정은 이용해 먹으라고 있는 겁니다. 그들이 지킬 생각이 없다면 우리가 그걸 이용해 먹으면 되는 겁니다, 후후후."

규정은 이용하라고 있는 거다

"핵심은 민사죠."

형사소송은 어차피 방법이 없다.

그러니 아예 그냥 건너뛰면 된다.

"장기적으로 보면 피해자에게는 이게 최선이고요."

일단 민사로 소송을 건 후에 그 손해배상을 받는다.

그리고 몇 년 후 소송을 다시 걸고 그 처벌을 받도록 한다.

"보통 형사소송을 같이 하는 경우, 이후에 닥칠 민사를 같이 묶어서 처리하는 경향이 있습니다."

하지만 거꾸로라면? 전혀 다르다.

법적으로 형사와 민사는 별개로 취급하기 때문이다.

"그러니까 그때 가서 형사의 합의는 따로 해도 됩니다."

그러면 정신적 위자료를 더 받아서 챙길 수 있고, 당연하게도 그 과정에서 정신적 치료를 더 받을 수 있게 된다.

"문제는 민사소송을 할 때의 재판부의 야합입니다."

"음…… 그렇지."

재판부에서는 아예 손해배상 금액을 터무니없이 낮춰 놓은 상태였다.

안 그래도 대한민국은 다른 나라에 비해 범죄에 대한 손해배상이 터무니없이 낮다.

그래서 제대로 손해배상도 안 되는 게 현실인데, 재판부는 그마저도 아예 하지 않고 있었다.

"정신과 치료는 생각보다 돈이 많이 듭니다."

그냥 지나간 일 취급하기에는 이러한 범죄로 인한 손해가 너무 어마어마하다.

그러니 당연히 정신과 치료를 해야 하는데, 그 경우는 회당 10만 원 이상 든다.

정신과 치료라는 게 다양한 방식이 있어서, 병원에서 치료받아서 약을 먹는 건 의료보험이 되지만, 이런 경우는 질병이 아니라 트라우마에 관한 문제라서 이러한 트라우마를 치료하기 위해서는 일주일에 2회 정도의 상담 치료가 필요하다.

그리고 상담 치료는 못해도 1년 이상 진행해야 한다.

그러지 않으면 효과가 거의 없으니까.

"그런 걸 생각하면 상담 치료에 대한 손해배상은 못해도 천만 원 이상 받아야 합니다."

일주일에 두 번, 한 달을 4주로 잡는다고 해도 한 달 80만 원이다.

그러니까 상담비로만 1년에 대략 천만 원 정도가 들어간다는 소리다.

"하지만 재판부에서 지금 인정하는 금액은 고작 50만 원에서 100만 원 사이네만?"

김성식은 우려 섞인 목소리로 말했다.

"사건이 들어오는 걸 싫어하니까요. 그래서 다른 방법을 쓰기로 했습니다."

"뭘 말인가?"

"그들이 야합한 걸 확실하게 알리는 거죠."

"무슨 수로?"

"천하제일 일진 대회를 여는 겁니다."

"천하제일 뭐?"

노형진의 말에 김성식은 자신의 귀를 의심했다.

"천하제일 일진 대회? 아니, 무슨 만화책에서 천하제일 무술 대회라는 건 들어 본 적은 있는데 그건 또 뭔가? 그 운동으로 정신을 갱생시킨다든가 하는 개소리는 아니지?"

"그건 또 뭡니까?"

"아, 모르나 보군. 모 운동 단체에서 했던 일이었네."

그들은 운동이야말로 정신을 깨끗하게 하는 효율적인 스

트레스 해소 수단이라고 주장하면서, 학교 폭력의 가해자들에게 스포츠를 가르침으로써 그들을 바르게 이끈다는 운동을 한 적이 있었다.

물론 그건 아주 대차게 말아먹었다.

가해자들이 겉으로는 개과천선한 척하면서 착한 아이처럼 굴었지만, 실제로는 단체로부터 배운 격투기를 시험한답시고 도리어 학교의 피해자들을 더 괴롭혔기 때문이다.

"그들은 범죄자라는 존재에 대한 통찰력이 많이 부족했지."

"그랬나 보네요. 범죄를 저지르는 놈들에 대한 이해가 있었으면 그런 멍청한 짓은 하지 않았을 텐데요."

실제로 운동을 해서 개과천선한 놈은 1%도 안 된다.

그런 애들은 집안 사정이나 기타 여러 가지 사정으로 일탈한 거다.

멀쩡한 집에서 멀쩡하게 학교 다니다가 일진이 된 애들은 스트레스가 쌓여서 그렇게 변한 게 아니라 그저 폭력적으로 타고났을 뿐이다.

"물론 그런 건 안 합니다. 설마 제가 일진들끼리 일대일로 붙여서 이기는 사람한테 상금이라도 줄 거라 생각하셨습니까?"

"아니, 무슨 대회라고 하니까. 그러면 자네가 생각하는 건 뭔가?"

"쉽게 말해서 이런 거죠. 피해자들이 일진들을 제보하는 겁니다."

"그건 그 〈피와 땀 그리고 눈물〉로 충분하지 않나?"

"그건 그냥 보복이지요."

아예 사회적으로 얼굴을 드러냄으로써 그들을 압박시키고 학교에서 손을 대지 못하게 하기 위한 임시방편 말이다.

"천하제일 일진대회는 일진 한 명을 처음부터 끝까지 계속 추적하는 겁니다. 물론 그 과정에서 동의란 필요 없지요."

언론이니까.

언론이라는 조직은 국민의 알 권리를 주장할 수 있고 범죄자의 생활을 공개함으로써 그들의 본질을 보여 주는 식으로 싸울 수 있다.

"물론 그 과정에서 그들이 원하지 않는 정보를 흘릴 수 있고요."

"자네, 설마 개인 정보라도 흘릴 생각인가? 그건 절대 안 될 말일세."

경찰이든 검찰이든 판사든, 개인 정보는 심각하고 중요한 정보다. 그게 새어 나간다면 그걸 보고 보복할 사람들이 넘쳐 날 테니까.

"물론 아닙니다. 제가 그럴 생각은 없고요. 그들이 감추려고 하는 걸 공개할 겁니다."

"그게 뭔데?"

"사건의 본질 그 자체이지요. 후후후."

천하제일 일진 대회는 노형진이 임시로 지은 이름이다.

정식 명칭은 〈추적 학교 폭력〉이었다.

그리고 그 프로그램의 핵심은 학교 폭력이 발생하면 그걸 처음부터 끝까지 리얼리티로 추적한다는 데 있었다.

"이거 뭡니까! 나가요, 나가!"

선생들은 학교에 들이닥친 촬영 팀을 보고 기겁했다.

'그러겠지.'

노형진은 첫 촬영인 만큼 그들을 따라 학교에 갔다.

"지금 뭐 하는 겁니까?"

"사회 고발 프로그램을 촬영 중입니다만."

"누구 마음대로요!"

"우리 마음대로요?"

노형진은 버럭 소리를 지르는 선생에게 말했다.

"사회 고발 프로그램은 국민의 알 권리를 충족하기 위해 헌법상 보호받는 프로그램입니다. 당연히 언론의자유가 적용되는 프로그램이고요."

노형진은 당황한 선생들을 보면서 느물거리며 말했다.

"특히 범죄나 사회적으로 알려야 하는 것에 대한 촬영은 법으로 막을 수가 없지요."

"누구 마음대로! 어, 누구 마음대로?"

"그건 모르죠."

노형진은 어깨를 으쓱하며 말했다.

누구 마음대로 촬영하느냐고 묻느냐면 답할 수는 없다.

왜냐하면 헌법과 언론의자유에 마음이라는 게 있을 리 없으니까.

"하지만 한 가지는 확실하지요. 누구 마음대로 촬영하는지는 모르지만, 당신들 마음대로 촬영을 막을 수는 없다는 거요."

카메라는 정면으로 학교의 모습과 이름 그리고 선생의 얼굴을 찍어 대고 있었다.

좋은 일도 아니고 학교 폭력으로 고발을 당하는 시사 프로그램에 출연하고 싶어 하는 사람은 없다.

당연히 그는 소리를 버럭 질렀다.

"찍지 마! 씨발, 찍지 말라고! 씨발. 이거 뭐 하는 거야!"

"이거 시사 프로그램입니다. 묶음 처리하겠지만 이 장면은 그냥 나갈 거예요. 아시겠어요?"

"뭐?"

"이 장면 이대로 나갈 거라고요."

선생들은 다급하게 얼굴을 가리면서 사방으로 도망치기 시작했다.

물론 선두에 선 주임은 당황하며 얼굴을 가리면서도 도망가지는 않았다.

이걸 막아야 하는 상황이 벌어졌으니까.

"아, 씨발! 찍지 말라고!"

그는 거칠게 손을 흔들었다.

하지만 시사 프로그램 촬영 팀은 독하기 그지없었다.

애초에 세상의 그 어떤 인간도 자신에게 불리한 영상을 촬영하는 데 협조할 리 없으니까.

"학교 폭력에 대해 사실상 처벌을 하지 않으셨는데요, 이에 대한 공식적인 의견이 있으신가요?"

"아니, 그건……. 학교 측과 상의하고 말하겠습니다."

카메라와 마이크가 얼굴에 들이밀리자 주임은 자신도 모르게 존댓말을 했다.

하지만 이미 상황은 최악으로 치닫고 있었다.

"제보에 따르면 학교 선생님들이 피해자와 증인들에게 입 닥치고 조용히 학교나 다니라고 했다는 말이 있던데요?"

"아니, 그런 적 없습니다."

"가해 학생이 전교 석차 10위권에 들어가는 아이라고, 학교의 명예를 위해 참으라고 했다는 말이 사실입니까?"

"아니요. 그런 적 없습니다."

'그렇지. 그런 적 없지.'

노형진은 피식 웃으며 말했다.

실제로 저런 개념 없는 발언을 한 적은 없다.

하지만 방송이라는 게 그런 거다.

저런 발언을 했느냐고 확인하면 당사자는 당연히 그런 적 없다고 하지만, 사람들에게는 그 말이 곧이곧대로 들리지 않는다.

사람들에게 그 말은, 실제로 그런 말을 한 게 맞지만 부정하는 것으로 들린다.

'방송에서 그런 소문이 있었다고 확인차 한 질문이라고 하면 그건 그대로 패스거든.'

그래서 방송은 견제받지 않는 권력이라고 하는 거다.

두루뭉술하게 말함으로써 책임을 지지 않기 때문이다.

'자기들이 뭐라고 하든 이건 나갈 테고.'

물론 학폭위에 참가하지 못한 피해자 측에서 의심을 가지고 뇌물 수수로 고발하는 것도 방법이다.

그러나 그 선생들이 진짜로 뇌물을 받았다는 확실한 증거도 없고, 또 경찰이 그걸 제대로 증명해 낸다는 확실한 보장도 없다.

하지만 언론은 다르다.

일단 방송에 나가면 그들이 아무리 억울해도 여론 재판은 이루어진다.

'제대로 처벌했다면 이런 방송은 안 나오지.'

이 방송은 피해자들 중에서도 극단적 피해자들만을 선발해서 추적한다.

단순히 몇만 원을 빼앗기는 정도가 아니라 수백만 원 단위의 피해와 심각한 구타에 관해 말이다.

이번 작전의 계획은 간단하다.

'말 한마디의 힘.'

물론 그게 진실은 아니다.

인터넷에 있는 말처럼 말 한마디만 주면 그를 천하의 개쌍놈으로 만드는 건 어려운 일이 아니다.

이미 이 사건의 기자들과 사회자들은 그에 관련된 모든 이야기를 다 들었다.

그리고 그들은 노형진에게 수긍했다.

중립적이지는 않겠지만, 최소한 범죄자들이 고개를 뻣뻣하게 들고 다니지는 못하게 될 테니까.

'세상에 방송에 중립이 어디 있어?'

노형진은 지금은 중립적이라고 칭송받는 한 사람을 알고 있다.

하지만 미래에 그는 중립적이지 않았다.

그는 실제로 중립적인 게 아니라 자신의 진면목을 잘 감추고 있을 뿐이었다.

"그러면 학교에서 학교 폭력을 은폐하고 그에 대한 대가를 받았다는 소문은 사실이 아닙니까?"

기자는 고의적으로 '소문'이라는 단어를 질문에 넣었다.

그리고 그걸로 책임에서 회피할 수 있게 되었다.

물론 답변하는 선생은 죽을 맛이었다.

"도대체 누가 그런 헛소리를 한답니까!"

"제보자의 성함은 말할 수 없습니다. 하지만 이번 사건의 피해자는 아닙니다. 그 제보에 따르면 학교에서 아예 학교폭력 조직을 조직적으로 은폐하고 있다고 하던데요? 공부만 잘하면 인성 따위는 상관없다는 발언을 한 선생님도 있다면서요?"

"아니라니까요!"

교무주임은 미칠 노릇이었다.

그런 개 같은 소리를 한 사람이 실제로 있는지 알지도 못하거니와, 설사 있다고 해도 그걸 누가 제보했는지 알 수가 없으니까.

한편 그 제보자는 뒤에서 느긋하게 따라가면서 주변을 둘러봤다.

'몇몇이 튀는군.'

일진 관련 방송이라고 하자 성급하게 튀는 몇몇 학생들.

뻔하다. 그들이 바로 일진이다.

물론 노형진은 그들을 따라가지 않았다.

대신에 핸드폰을 꺼내서 슬쩍 시계를 확인했다.

'슬슬 올 때가 된 것 같은데?'

이런 사태가 벌어지면 이들이 도움을 청할 사람들이 있다.

바로 경찰이다.

아니나 다를까, 한 대의 경찰차가 나타나더니 거기서 경찰들이 내렸다.

"지금 뭐 하는 겁니까?"

"시사 프로그램을 촬영 중인데요."

"학교 측 허가는 받은 겁니까?"

"학교 측의 비리에 관한 촬영 중인데 그들이 허가를 해 줄리가 없지 않습니까?"

"이러시면 곤란합니다."

경찰들도 제대로 뭘 하기가 곤란한 게 언론이다.

그렇다 보니 그들은 말로만 말리면서 어떻게 해서든 촬영팀을 돌려보내려 했다.

하지만 그들은 몰랐다.

노형진이 그들이 오기를 기다리고 있었다는 걸 말이다.

"그런데 말입니다, 경찰이 학교 내에서 벌어지고 있는 학교 폭력을 방관하고 학교 내부에 결성된 폭력 조직과 결탁했다는 이야기는 사실입니까?"

"뭐요?"

출동한 경찰은 당황했다.

자신에게 질문이 돌아올 줄은 몰랐으니까.

물론 그 질문은 미리 다 상황에 맞게 만들어진 거다.

"사건 기록을 보니까 학교 폭력 및 강도와 갈취로 고발이 들어갔는데 기소를 안 하셨더군요."

"아니, 누가 그래요? 누가?"

"이미 사건 기록을 확인했습니다. 범죄의 가해자들을 아무런 이유도 없이 훈방하셨던데, 왜 그러셨습니까? 고발 내용이 강도와 특정범죄가중처벌법 위반 그리고 납치, 감금이던데, 그걸 훈방으로 끝내셨더군요. 그런 강력 범죄를 훈방으로 끝낸 것이 이해가 가지 않는데, 실제로 그 조건으로 뇌물을 상납받고 있는 게 사실이었나요?"

경찰들은 당황했다. 그런 소리는 처음 들었으니까.

"우리는 그런 건 잘 모르는데······."

경찰들은 당황할 수밖에 없다.

그들은 그저 순찰을 도는 일반 경찰일 뿐이니 그러한 정치적인 문제에 대해 잘 알 리가 없으니까.

하지만 노형진에게 중요한 건 그게 아니었다.

"그런데 왜 범죄로 가해자들을 신고했는데 훈방 처리되었지요?"

물론 이들은 모른다.

그러니까 이들은 자신들이 아는 선에서 변명 아닌 변명을 할 수밖에 없었다.

"그야 그 애들이 너무 어려서 실수를 저지른 것뿐이니까······."

경찰서에서 가해자들이 가장 많이 하는 변명이다.

문제는 경찰이 이걸 그냥 믿는다는 거다.

이유는 뻔하다.

아들딸 같아서. 또는 애들 미래를 위해서.

'그리고 난 말 한마디로 뒤집을 수 있지.'

그것도 누구도 반론하지 못할 말로 말이다.

"그러면 피해자는 어떻게 되는 건가요? 피해자들 역시 학생입니다. 더군다나 그들은 잘못한 게 없는데요? 그 말씀은 경찰에서 학교 내 특정 세력에 특혜를 줬다는 뜻이 되는데요. 왜 그들에게 특혜를 주신 겁니까?"

"아니, 그게……."

출동한 경찰들은 당황스러웠다.

기자들이 와서 난동을 부린다고 해서 출동했는데 자신들이 그 취재 대상이 될 줄은 몰랐던 것이다.

"왜 학교 내 특정 아이들에게만 특혜를 주신 거죠?"

"모릅니다. 몰라요."

경찰들은 당황하면서 뒤로 물러났다.

때려잡을 수도, 그렇다고 대답할 수도 없으니까.

"사건의 종결 처리는 검찰만 할 수 있는데요. 확인해 보니 해당 사건은 검찰에 넘어간 적이 없더군요. 서장급에서 은폐 명령이 내려왔다는 말이 있던데요?"

"아까 전에 학생들과 이야기해 보니 가해 학생들 중에 경찰청 주요 인사의 자녀가 있다던데 사실입니까?"

모든 방송은 의혹에서 시작해서 의혹으로 끝난다.

그게 다 진실일 필요는 없다.

애초에 진실을 말해 봐야 저들은 바뀌지 않는다.

그렇다면 그냥 의혹만 이끌어 내면 된다.

"어어어……."

경찰들은 당황했다.

결국 그들은 여기서 자신들이 뭘 하든 좋은 꼴은 못 볼 거라는 걸 알아차렸다.

당연히 그들의 선택은 하나뿐이었다.

"어디 가십니까?"

다급하게 경찰차에 올라탄 그들은 서둘러 방향을 돌렸다.

"어디 가요?"

"도망간다! 잡아!"

"뛰어!"

"차 가지고 와! 차!"

누군가가 다급하게 차를 몰고 오자, 기자와 카메라맨은 그걸 타고 경찰차를 추적하기 시작했다.

하지만 그걸 잡을 수 있을 리 없었다.

아니, 잡을 필요가 없었다.

"다시 돌아가죠."

"진짜 따라가지 않아도 됩니까?"

PD는 고개를 갸웃했다.

"어차피 출동 기록은 다 남습니다. 우리한테 중요한 건 진실이 아니라 그림입니다. 그리고 다음 그림이 그려질 때가 된 것 같거든요."

"다음 그림?"

"네, 이제 가해자들의 부모들이 올 겁니다."

노형진은 PD를 보면서 싱긋 웃었다.

"제가 하라는 대로 하시면 아마 그 사람들은 영혼까지 털릴 겁니다, 후후후."

김성식은 예고편을 보면서 혀를 끌끌 찼다.

"교묘하군. 법적으로 문제가 될 만한 건 하나도 없어. 학생들 사이에서 도는 질문이나 제보라는 식이니까."

"그렇지요."

실제로 학교 폭력이 자꾸 은폐되면 학생들 사이에서는 저런 소문이 무조건 돌 수밖에 없다.

선생들에게는 별일 아니지만 같은 일을 연달아 겪는 학생들에게는 무섭고 공포스러운 일이니까.

그렇지 않다면 학교 폭력의 가해자들을 가만두는 게 납득이 가지 않는다.

"중요한 건 그런 의혹이 '있다는' 거죠."

제보자가 누구냐고 캐물어 봐야 기자들이 그걸 말해 줄 이유는 없다.

일단 제보자는 법으로도 보호받는 데다 제보자가 학생이

라면 그에 대한 보복이 우려된다고 말 한마디만 해 버리면 법원에서 계속 파고들지도 못한다.

선생들은 분명 보복을 가할 수 있는 위치에 있는 자들이니까.

"그런데 저 경찰들은 뭔가? 왜 도망가는 걸 찍은 거야? 저 사람들은 아는 게 없을 텐데."

"없죠. 사실 저 사람한테는 미안하지만요."

그저 재수 없게 순찰 시간에 신고가 들어와서 출동한 것뿐이다.

"그런데 왜 도망가게 한 거야? 작심하고 몰아붙이던데?"

"아시네요?"

"내가 검사만 몇 년인데 그걸 모르겠나?"

"하하하, 그렇기는 하네요. 그들을 도망가게 한 이유는 간단합니다. 도망가는 놈은 켕기는 게 있는 놈이니까요."

경찰들도 아는 사실이다.

대답을 할 수가 없으니까 도망간 거다.

"이걸 본 사람들이 뭐라고 생각할지가 중요한 겁니다."

그들은 경찰이 도망가는 걸 봤으니 경찰이 뭔가 감추고 싶어 한다고 생각하기 시작할 것이다.

"하지만 이 사람들의 피해는?"

"걱정하지 마세요. 본방송에서는 제대로 나갈 겁니다. 답변을 할 위치가 아니어서 도망갔다고요. 그러면 경찰은 따질 수가 없지요."

"하지만 예고에는 넣었잖아?"

"멋지지 않습니까? 도망가는 경찰, 그리고 추적하는 기자들."

노형진은 싱긋 웃으며 말했다.

"저기서 도망간 건 저 두 사람이지만, 국민들이 느끼는 도 망간 사람은 경찰이라는 이미지입니다."

당연히 방송에는 경찰은 잘못이 없다고 나갈 테니 방송국 직원들을 징계하지는 못할 것이다.

하지만 그 대신에 경찰의 이미지는 사건에 대해 은폐하려 했다는 의심을 받으며 특정 세력을 비호하는 조직으로 보이 게 된다.

어찌 되었건 질문에 대답하지 못하고 다급하게 도망갔으 니까.

"그리고 경찰은 그 문제에 대해 절대 제대로 대답하지 못 합니다."

그럴 수밖에 없다.

"훈방은 법적인 규정이 없으니까요."

사람들이 잘 모르는 것 중 하나가 바로 훈방의 법적 규정 이 없다는 것이다.

사실 이것도 말장난이다.

강도는 무력을 통해 돈을 빼앗는 행위를 뜻한다.

그러니 학교에서 단돈 1만 원만 빼앗아도 강도가 된다.

갈취는 돈 조금 주고 왕창 사 오라고 하는 놈들이 넘치니 당연히 성립된다.

납치, 감금이야 학교 폭력의 기본 베이스니까.

"정확하게 말하면 범죄 중에 학교 폭력이라는 죄목은 없지요."

학교 폭력이라는 말이 공식적으로 법률에 기재된 것은 학교 폭력 예방 및 대책에 관한 법률에서다.

그리고 그 법은 아직 만들어지지 않았다.

그래서 학교 폭력이라는 용어가 여기저기서 당연하게 사용되기는 하지만 아직 공식 명칭은 아닌 셈이다.

더군다나 그 법률은 학교 폭력을 예방하기 위한 것이지 정식으로 처벌하기 위한 것이 아니다.

그래서 실제로 학교 폭력이라는 용어에 대해 학교에서 벌어지는 상해, 폭행, 감금, 협박, 약취, 유인, 명예훼손, 모욕, 공갈, 강요, 강제적 심부름 및 성폭력, 따돌림, 사이버 따돌림, 정보 통신망을 이용한 음란 폭력 정보 등에 의한 신체 정신적 또는 재산상의 피해라고 설명되어 있다.

즉, 노형진이 거기서 강도 및 납치, 감금이라고 한 게 틀린 말은 아니라는 거다.

이처럼 사람들이 아는 죄목 중에는 잘못 아는 게 몇몇 있다.

가장 흔한 것이 허위 사실 유포죄다.

사람들은 그걸 가지고 명예훼손이 성립하는 줄 알지만, 법적으로 말하면 허위 사실 유포죄라는 건 존재하지 않는다.

다만 명예훼손에 종속적으로 그러한 단어가 붙을 뿐이다.

그런데 성문법 국가인 대한민국에서 공식적인 명칭의 유무가 불러오는 차이는 어마어마하다.

"우리는 없는 범죄를 가리켜 학교 폭력이라 부른 게 아닙니다."

다만 현실적으로 적용되는 실제 범죄 규정을 말한 것뿐이다.

"보는 사람들 입장에서는 어마어마한 강력 범죄를 은폐하는 느낌이 드는데?"

"그게 제가 노린 거니까요."

학교 폭력으로 방송에 나가면?

분명 정신 못 차리고 애들은 싸우며 큰다는 개소리를 하는 사람이 나타난다.

하지만 강도와 납치, 폭행 그리고 특정범죄가중처벌법 위반이라고 하면 아주 강력 범죄 같은 느낌이 들어서 그 어떤 사람도 그런 범죄를 살면서 한 번쯤 할 수 있는 실수라고 말하지는 못한다.

"거기에다 온갖 의혹을 붙여 놨으니까요."

그러니 왜 훈방이 나왔는지 이해하지 못할 거다.

그렇다고 경찰이 범죄자의 범죄 기록을 공개할 수는 없는 노릇이다. 그건 명백하게 현행법 위반이니까.

"더군다나 그 훈방이라는 규정도 애매하지요."

법적인 규정은 없는데 경찰은 그동안 일종의 관례로 적용해 온 것이 사실이다.

업무를 줄이는 데에는 좋다고 하지만 경찰은 엄밀하게 말하면 수사 지휘권이 없다.

그러니 저런 강력 범죄로 신고가 들어왔을 때 가해자를 훈방해서는 안 된다.

"그런데 그들은 가해자들을 학생이라는 이유로 훈방했지요."

물론 형소법상의 수사 개시권이 인정되기 때문에 그걸 가지고 해석하는 부분도 있다.

"하지만 그렇게 되면 법의 형평성이 문제가 되지요."

실제로 고소를 하러 가면 경찰에서는 사건 접수를 거부하거나 훈방으로 끝내는데, 정식으로 검찰에 접수를 하면 처벌로 넘어가는 일이 많다.

왜냐하면 수사 지휘권을 가진 것은 검찰인데 그들이 수사 지휘를 하는 걸 경찰은 거절할 수 없기 때문이다.

"문제는 그런 경우 수사 개시권과 충돌한다는 거지요."

수사 개시권을 가지고 있으니 개시를 하지 않겠다고 버틸 수는 없는 노릇이다.

그러면 경찰에서 수사도 시작하기 전에 죄를 판단하는 셈이니 심각한 월권행위가 되니까.

"그렇다고 검사를 통해 들어온 사건만 수사하면 문제가 되지요."

법적인 형평성이 정면으로 충돌하니까.

검찰을 통해 조사하면 처벌 대상인데 경찰에서는 훈방이

라는, 규정에 없는 대상이 되어 버린다.

"결국 경찰이 멍청한 짓을 자초한 겁니다."

수사 개시권이 명시된 이유는 간단하다.

이게 범죄인지 아닌지 확실하지 않은 경우, 또는 그 사건이 의심스럽지만 증거나 기타 죄를 증명할 수 있는 게 부족할 경우 보충하라는 의미에서 존재하는 것이 수사 개시권이다.

그러나 경찰은 그걸 수년간 악용해 왔다.

일하기 싫으면 애초부터 수사를 안 하는 방식으로 말이다.

"경찰들, 아주 곡소리가 나겠군."

"이제 곡소리가 나는 건 그들뿐이 아닐걸요."

노형진은 피식 웃었다.

방송은 아주 큰 반향을 일으켰다.

특히나 모자이크 처리되었지만 가해자의 부모가 한 인터뷰가 핵심이었다.

─선생님이 다 해결했다고요?

─아니, 애가 실수도 할 수 있는 거지.

─그러니까 선생님이 아무런 걱정 없이 학교에 다녀도 된다고 하셨다는 거죠? 모든 게 다 무마되었으니까.

―그랬는데 갑자기 이러는 게 말이나 돼요?

부모 입장에서는 억울해서 한 말이겠지만 PD의 단어 선택은 교묘했다.

해결과 무마.

금전적 관계가 오가는 대가로 사건이 수습되었다고 볼 수도 있는 미묘한 단어들이었기에 당연히 학교도 경찰도 가루가 되도록 까였고, 특히 경찰은 해당 사건을 다시 수사하겠다고 경찰청장이 나와서 고개를 숙이며 사과해야 했다.

물론 노형진은 경찰에서 이걸 끝낼 생각이 아니었다.

'경찰과 마찬가지로 검찰과 법원에서도 감추고 싶은 게 있기 마련이니까.'

그건 바로 학교 폭력에 관한 처리 지침이다.

검찰에서는 그걸 가지고 학교 폭력으로 고발된 사건은 무조건 기소유예 처리하도록 해 둔 상태였다.

당연하게도 해당 질의가 들어가자 검찰에서는 당혹감을 감추지 못했다.

단순히 서면 질의만 온 게 아니다.

아예 촬영 팀이 공식적으로 약속을 잡고 찾아와 버렸다.

아무리 검찰이 막장이라고 해도 다른 곳도 아닌 홍보 팀이, 약속까지 미리 잡고 오겠다는데 '안 됩니다.'라고 할 수는 없다.

그런 말을 한다는 것 자체가 뭔가를 감추는 걸로 보일 수밖에 없으니까.

그리고 방송국에서 왔을 때 홍보 팀장은 차라리 현장으로 나갈걸 하며 뼈저리게 후회했다.

"그러니까 검찰에서는 학교 폭력에 관한 처리 지침을 통해 학교 폭력 가해자를 보호하고 처벌을 줄이라는 명령이 내려왔다는 말씀인가요?"

"그건 아닙니다. 현실적으로 그 규정은 학교 폭력 사범이 되어 학생들의 미래가 망가지는 일을 방지하고자……."

"지난 2년간 학교 폭력 고발의 99% 이상이 이 규정으로 인해 풀려났고, 그들이 학교로 돌아가서 재범을 일으킨 일이 70%가 넘는다고 알려져 있는데요. 그러면 검찰은 학교 폭력, 아니 미성년자의 강도 및 갈취, 납치, 감금 행위에 대해서는 기본적으로 처벌할 의사가 없다는 의미로군요."

"아닙니다. 아까도 말했습니다만, 가해자이긴 하지만 아직 학생이고 어린 학생들의 미래 보호를 위해서……."

"가해자의 보호를 위해 결국 피해자의 보호를 포기하겠다는 말씀이신데요?"

"그건 아니고……."

검찰청에서 나온 사람은 눈을 데굴데굴 굴렸다.

'젠장, 이게 어디서 샌 거야?'

사실 이러한 처리 지침에는 비인륜적이고 행정 편의적이

며 반인도적인 규정이 많다.

하지만 그건 내부 처리 지침으로만 규정되어 외부에 드러나지 않기 때문에 그들이 아무런 질타도 받지 않고 집행할 수 있었다.

실제로 과거에 정부에서는 행려병자에 대한 치료 금지 규정을 보내서 행려병자들이 죽도록 내버려 두라고 한 적이 있었다.

이유는 '돈이 아까워서'였다.

당연히 이런 규정이 외부로 알려지지 못하도록 대부분 쉬쉬한다.

사실 행정 규정에 대해 언론이나 사회에서 그다지 신경을 쓰지 않는 것도 있다.

법만 해도 신경 쓸 게 어마어마하게 많으니까.

'하지만 피해자가 얽히면 이야기가 달라지지.'

PD는 노형진이 했던 말을 계속 곱씹었다.

ㅡ그들은 계속 가해자의 미래를 따질 겁니다. '일하기 싫어서'라는 말은 할 수 없으니까요. 이쪽은 무조건 피해자를 언급하세요. 지난 방송 이후에 사람들은 2회 방송을 기다리고 있습니다. 검찰에서 가해자를 보호한다고 공식적으로 못박아 버리는 게 우리 목표입니다.

"그러면 피해자가 받는 정신적 고통과 가해자들이 학교로 돌아옴으로써 받는 보복 피해는 검찰과는 상관없다는 말씀이신가요?"

"아니요. 그건 아닙니다. 검찰에서는……."

"계속 검찰, 검찰 그러시는데요, 이 검찰청 처리 지침의 명령권자가 누구인가요?"

"네?"

갑자기 생각지도 못한 질문이 나오자 담당자는 당황했다.

"명칭 자체가 학교 폭력 처리에 관한 지침인데, 지침이라는 것은 결국 명령권자가 있다는 뜻이잖아요."

"그건 그런데……."

"그러면 그 명령권자가 누구입니까?"

"……모릅니다."

"모른다고요? 그러니까 검찰이라는 조직이 팩스로 처리 지침이라고 하나 딸랑 날아오면 확인도 안 하고 그냥 일선에서 적용한다는 말씀이신가요?"

"그건 아닙니다. 저희도 나름 확인 절차를……."

"그러니까 그 확인을 시켜 준 명령권자가 누구인지 알고 싶습니다. 제가 알기로는 검찰총장이 최고위 명령권자일 텐데요."

담당자의 얼굴이 아귀처럼 일그러지기 시작했다.

검찰에서 고위직은 신성불가침의 영역이다. 불똥이 거기

까지 튀면 그가 분노해서 여럿 날려 버릴 테니까.

'그리고 그게 목적이지.'

PD는 속으로 피식 웃으며 말했다.

노형진이 말했다.

그게 목적이라고. 그래야 이 불똥이 대통령에게로 튈 거라고.

당연한 게, 검찰총장은 대통령이 선발한다.

그런데 그런 검찰총장이 잘못된 사람이라고 판단되면, 아니 그렇게 보이는 건더기가 있으면 정치인들이 그냥 두고 볼 리 없다.

당장 PD가 검찰총장을 언급한 것만으로도 검찰총장은 사과를 하지 않을 수가 없게 되었으니, 일하기 싫어서 이런 규정을 만들어 내보낸 상위 검사들의 커리어는 끝장났다고 봐야 한다.

'물론 이걸로는 부족하지.'

PD는 확실하게 불을 붙일 만한 건더기를 알고 있었다.

정확하게는 노형진에게 저들이 핀치로 몰릴 수밖에 없는 말에 대해 들은 상황이었다.

"지난번 사건 수사 당시에 학생들 사이에서는 경찰 최고위 라인이 가해자들과 연관된 사람이라는 이야기가 있었습니다. 그런데 경찰에서는 공식적으로 그걸 부정했고요. 그러면 혹시……?"

말은 흐렸지만 그 뒤가 어떤 말인지 담당자는 모를 수가 없었다.

'망할 인터넷 방송국! 쌰아아앙!'

그는 속으로 비명을 지를 수밖에 없었다.

⚖

두 번째 방송에서는 검찰이 가루가 되도록 까였다.

결국 검찰총장은 방송에 나와서 고개를 숙이는 최악의 모욕을 당할 수밖에 없었다.

"이로써 검찰과 경찰은 다시는 학교 폭력에 수작질을 못할 겁니다."

물론 청소년 보호법이라는 법이 가해자들을 보호하기는 하겠지만, 그 안에서라도 처벌을 받는다는 것은 중요한 일이다.

지금까지는 99%의 학교 폭력이 훈방 또는 처리 지침에 따라 기소유예가 되었지만 이슈가 된 이상 경찰도 검찰도 더는 그렇게 해결할 수 없게 되었다.

"남은 건 법원이지요. 아마 형사 법원은 심장이 떨릴 겁니다."

형사 법원은 이 사건에 관해 어찌할 방도가 없다.

거기까지 올라온 사건에 1호 처분을 내려 버릴 수는 없으니까.

하지만 대부분의 학교 폭력 가해자들은 법원에 갔다는 것만으로도 엄청나게 움츠러들어 다시는 같은 짓을 저지르지 못한다.

더군다나 노형진이 그들이 성인이 된 후에 정식으로 형사 고소를 하겠다고 하자 그들은 바로 다음 날부터 꼼짝하지 못했다.

아무리 머리가 나빠도 성인이 돼서 처벌받는 것과 미성년자일 때 처벌받는 게 다르다는 걸 모를 리가 없을뿐더러, 교육 자체도 그냥 학교 폭력은 나쁜 거다, 학교 폭력을 하지 말라는 것으로 그치지 않고 일단 최소 징역 1년부터 시작해서 최대 25년까지 갈 수 있다는 명시적 숫자가 보이자 일부 집에서도 내놓은 자식들을 빼고는 가해자의 부모들이 기겁하면서 뜯어말렸기 때문이다.

그때 돌아가는 상황을 지켜보던 김성식이 이의를 제기했다.

"하지만 민사 쪽은 어떻게 하지? 손해배상액이 50만 원이라니, 이건 좀 그렇지 않나?"

문제는 민사다.

학교 폭력의 상담 치료비를 생각하면 최소한 합당한 비용이 나와야 하는데, 민사에서는 50만 원에서 100만 원 사이의 터무니없는 규정을 몰래 만들고 판사들이 거기에 맞춰서 판결하고 있다.

일반적으로 손해배상 소송에 들어가는 비용이 20만 원에서 30만 원 사이인 점을 감안하면 터무니없는 금액인 셈이다.

"이건 처리 지침처럼 명확한 규정이 있는 것도 아니야. 그냥 판사들이 자기들끼리 만나서 '이렇게 합시다.'라고 해 버린 거지."

형사소송처럼 그냥 대법원에서 정한 양형 규정이라면 이해라도 하겠는데, 이건 그것도 아니다.

"자네도 알다시피 개인적으로 배상금을 최저로 판결하는 것과 법원에서 그렇게 정한 건 전혀 다른 문제일세."

판사는 자신의 판결에 대해 완벽하게 자유롭다. 공식적으로는 말이다.

쉽게 말해서 10만 원이든 100만 원이든 1억이든, 그건 판사 마음이라는 거다.

양형 규정이 없으니 더더욱 그렇다.

"확실히 그렇지요. 처리 지침 같은 건 유형의 서류니까 그에 맞춰서 위쪽에 죄를 몰아갈 수 있지만, 민사에서 손해배상금을 정하는 건 판사 개개인의 결정이라 외부에서 영향을 주지 못하니까요. '공식적으로는' 말이지요."

권력이 끼면 뭐든 되겠지만 말이다.

"그렇다고 판사들이 거기서 '우리가 귀찮아서 50만 원 정도로 협의했습니다.'라고 하지는 않을 것 같은데?"

"그건 그런데……."

노형진은 머리를 긁적거렸다. 이건 확실히 어려운 일이다.

"학교 폭력을 근절하는 게 목적이라면, 사실 이 정도만 해도 상당히 근절되기는 하겠지만……."

"그건 미래의 일이지. 지금까지 당한 피해자들의 정신적 치료비가 문제 아닌가? 못해도 천만 원은 필요할 텐데."

"피해자들이 감수하라고 할 수는 없고요."

노형진은 현 상황이 참으로 한숨만 나왔다.

"한국은 정신적 피해에 대해 너무 짜다니까요."

"피해자를 전면에 내세워서 다시 하는 건 어떤가?"

"판사라는 작자들이 그거 신경이나 씁니까? 그런 판사가 얼마나 된다고요?"

"하긴, 그건 그렇지."

검사와 경찰만 해도 그렇다.

그들은 피해자에게 관심이 없다.

그럼에도 불구하고 그런 그들이 사과하고 규정을 고친 건, 피해자들에게 미안해서가 아니라 윗대가리가 욕먹으니까 화가 나서 그런 것이다.

"하지만 판결은 완벽하게 개별적이란 말이지."

그러니 같이 몰아가도 사법 당국은 그냥 '모든 판결은 판사 개인의 선택'이라고 하면 그만이다.

실제로도 그렇고, 만일 그게 깨지면 사법의 중립성이 깨지는 것이 되기 때문에 노형진이 원하는 결과도 아니다.

"그렇다고 우리가 무조건 돈을 더 달라고 할 수는 없지 않나?"

달라고 한다고 한들 그들이 50만 원으로 고정해 두면 의미가 없다.

"뇌물을 줬다고 하기도 애매하고 말이야."

그 많은 판사들이 다 뇌물을 받을 수도 없거니와, 뇌물을 주고 손해배상을 줄이기에는 그 뇌물로 줄 돈이나 손해배상이나 도긴개긴이다.

'이래서 최후의 적폐가 사법부라고 하지.'

적폐 청산을 위해서 꼭 필요한 과정이 바로 재판이다.

그런데 그 재판을 지배하는 놈들이 죄다 썩어 빠졌으니 방법이 없을 수밖에 없다.

물론 노형진에게도 방법이 없는 것은 아니었다.

"개별적으로 나가지요."

"개별적?"

"네. 그들에게 그래 봤자 소용이 없다는 걸 보여 주는 거지요."

민사 법원 재판부가 소송을 막으려고 하는 이유는 그 소송의 숫자가 너무 많기 때문이다.

"그 소송의 종류를 날짜별로 따로 하는 겁니다."

"따로? 날짜별로?"

"그렇습니다. 민사와 형사는 좀 다르지 않습니까?"

형사는 사건을 처리할 때 묶어서 하는 게 가능하다.

일단 처벌이 목적이므로 재판을 한 번 하는 대신에 형량을 늘리는 것이다.

어차피 최종 목적지는 교도소니까.

하지만 민사는 형량이 문제가 아니라 손해배상금을 받아내는 것이다.

당연히 그에 대해 재판부에서 다른 사건을 합해서 손해배상금을 늘릴 수는 없다.

"하지만 그걸 어떻게 한단 말인가?"

"해 줄 사람이 있지요."

"누구 말인가?"

"우리에게는 법무 법인 하늘이 있지 않습니까? 후후후."

법무 법인 하늘.

로스쿨 출신들이 정식으로 변호사가 되기는 했지만, 아직까지 사법계를 이끌어 가는 것은 사법시험 출신들이다.

그래서 그들이 최소 10년간은 제대로 활동하기 힘들다는 것을 노형진은 알고 있기에 대량 소송을 전문으로 하는 법무 법인 하늘을 만들었다.

그렇다 보니 그들은 난해한 사건을 맡기도 하지만 평소에는 변호사의 수가 많다는 강점을 살려 양이 많은 사건들을 주로 맡았다.

"그런 변호사야 많습니다만…… 외부의 변호사까지 쓸 생각이신 걸 보니 아주 작심하신 모양이군요."

임진기는 혀를 내둘렀다.

하늘 소속 변호사의 숫자도 많은데 외부의 변호사까지 데려다가 쓴다는 것은 상상도 못 했으니까.

"보통 수익은 자기가 다 먹는데……."

"그것도 어느 정도지요. 이 정도 양이면 하늘에서도 감당하기 힘들 겁니다."

"그건 그렇겠지요."

임진기는 고개를 끄덕거렸다.

하늘이라고 해서 일이 없는 게 아니다.

과거라면 개별적으로 싸워야 했던 로스쿨 출신의 변호사들이었지만, 새론의 지도 아래에 실력을 키우고 숫자를 늘리자 적지 않은 사건이 들어오고 있었다.

"이번 사건의 개요는 하루에 한 건 기준으로 소송을 하는 겁니다. 만일 그가 오전과 오후에 따로 나눠서 범죄를 저질렀다면, 명백하게 장소와 시간이 달라졌으니까 그에 따른 손해배상 역시 따로 청구합니다."

"그러면 피고는 죽고 싶어질 건데요?"

임진기는 질려 버린 표정으로 말했다.

"이 서류대로라면……."

학교 폭력 기간은 무려 3년. 고등학교 1학년부터 고등학교 3학년까지.

"그날그날을 나누고 오전 오후로 나누면……."

대략적으로 사건의 숫자가 천팔백 건에 달한다.

"이걸 전부 하나씩 넣으라고요?"

"그렇습니다."

"한 명이 천팔백 건인데요?"

"그렇습니다."

"판사들이 한 달에 몇 건 해결하는지 아십니까?"

"대략 한 달에 이백 건에서 삼백 건이지요."

사실 어마어마한 양이다.

엄밀하게 말하면 그건 사람을 말려 죽이는 업무량이다.

"하지만 그건 저들이 자초한 거 아닙니까?"

"끄응…… 그건 그런데요."

이 문제를 해결하는 방법은 간단한다.

판사를 늘리면 된다.

당장 판사 숫자를 두 배로 늘리면 사건은 절반이 된다.

"하지만 판사를 늘리는 걸 가장 결사반대하는 게 사법 당국 아닌가요?"

"그건 그렇지요."

그들은 판사가 늘어나서 자신들의 권력이 줄어드는 걸 싫어한다.

판사가 적어야 희소성이 있고, 그래야 가치가 있으니까.

그리고 당장 판사가 늘어나면 뇌물이 분산되는 것도 한몫 한다.

"아니, 저들이 힘든 건 뭐 신경 안 씁니다. 저들이 원해서 그렇게 된 거니까요. 하지만 그렇다고 해서 피해자를 만들면 안 되죠."

판사 숫자는 늘리기 싫고 일하기도 싫다.

그러니 그들은 아예 사건을 줄이기 위해 꼼수를 쓰는 것이다.

"그런데 한 명당 천팔백 건요?"

학교 폭력은 절대 한 건으로 끝나지 않는다.

이런 식으로 구분해서 고소를 하기 시작하면 한 학교에서 못해도 한 달에 3천에서 4천 건은 나올 것이다.

일진이 열 명이라고 해도, 그들이 괴롭히는 애들은 족히 세 배에서 네 배는 될 테니까.

"말려 죽이려고 하시는 거군요. 수작 부리지 말라고."

"네, 그것도 목적입니다만, 돈을 더 벌어 주기 위해서이기도 하지요."

"네?"

"범죄가 있고 그로 인한 피해자가 있습니다. 아무리 재판부가 일하기 귀찮다고 해도 최저라는 부분이 있거든요."

아무리 재판부가 귀찮다고 해도 피해가 있는데 손해배상을 인정하지 않을 수는 없다.

단돈 10만 원이라도 해야 한다.

"1,800만 원이면 충분히 치료를 받을 수 있는 돈이지요."

"그건 그렇지만 변호사 비용이……."

노형진의 말에 핼쑥해져서 말하는 임진기.

그럴 수밖에 없다.

지금 저들이 재판을 막는 방법이 바로 그거니까.

피해자에게 가해자의 재판비용까지 책임지도록 만드는 것이다.

"그게 제가 노리는 겁니다."

"네?"

"지금 재판부를 공격하지 못하는 이유가 뭔가요?"

"당연히 정식으로 인정되는 서류가…… 아하!"

정식으로 인정되는 서류가 없다.

그래서 그들의 개별적 판단에 피해자가 항의할 수 없다는 것이 문제다. 이건 그들이 야합한 게 아니니까.

"하지만 그들이 재판을 하는 순간 상황이 바뀌지요."

재판이라는 것은 공적인 일이다.

당연하게도 그 모든 기록이 남는다.

"재판부의 하급심 판사들이 자기들끼리 뭉쳐서 이런 야합을 했습니다. 그리고 그걸 적용하고 있지요. 하지만 그걸 상급심 판사들이 알고 있을까요?"

"이런 걸 가지고 상급심 판사들이 뭐라고 하지는 않지요."

애초에 그들이 이런 문제로 피해를 입을 일은 별로 없다.

"그들은 분명 임진기 변호사님 말씀처럼 피해자에게 가해자의 재판비용까지 청구하도록 함으로써 입을 막으려고 할 겁니다."

그리고 그건 서류에 남는다.

"방송에 충분히 내보낼 수 있지요."

'강도와 폭행 그리고 납치, 감금의 피해자에게 가해자들의 변호사비를 내도록 하는 재판부'라는 내용의 프로그램이 과연 국민들을 얼마나 분노하게 할까?

"그들의 수작질은 증명할 수 없지만 그들의 재판 기록은 증명할 수 있지요."

거기에다 이 한 명의 건수만 천팔백 건이다.

그 모든 재판 기록을 따지면 비율이 이상하게 변하게 된다.

"아마 조만간 사법 당국 쪽에서 알아서 지랄할걸요."

"미치겠네."

조수오는 멍한 머리를 부여잡았다.

미친 듯이 몰려드는 사건에 죽을 것 같았기 때문이다.

"이런 게 아니었는데."

그는 과거에 자기와 비슷한 판사들을 만나서 하나의 이야기를 한 적이 있었다.

일을 줄여야 하니 학교 폭력 사건을 무조건 최소로 맞춰서 거르자고 말이다.

실제로 그 이후에 학교 폭력 사건이 민사로 넘어오는 비율이 줄었다.

그래서 좀 편해졌다고 생각했는데…….

"판사님, 오늘 배당된 사건이 이백 건인데요."

"씨발! 장난해!"

처음에는 그게 먹힌다고 생각했다.

그런데 갑자기 학폭 사건이 어마어마하게 늘었다.

두 배? 세 배?

아니다. 족히 천 배는 늘었다.

그 내용을 살펴본 조수오와 판사들은 머리가 깨지는 것 같았다.

전에는 그저 '학교 폭력에 대해 손해배상'이 청구되었다.

그런데 요즘 들어오는 재판은 '모월 모일 모시에 벌어진 폭행과 갈취에 대한 손해배상을 청구'한다는 식이었다.

물론 그럴 수 있다.

하지만 문제는 그게 같은 피해자와 같은 가해자라는 거다.

어떤 날은 아침부터 저녁까지 오로지 한 명의 가해자와 한 명의 피해자만 본 날도 있었다.

"씨발, 새론 이 새끼들, 동종 업계면 좀 사정을 봐줘야 할 거 아니야."

그 모든 사건들이 다 범죄로 인정된 것이기 때문에 손해배상을 인정하지 않을 수는 없어서, 그는 어쩔 수 없이 최저한으로 손해배상을 인정했다.

하지만 아무리 최저라고 해도 결국 건당 못해도 10만 원에서 20만 원을 배상하라고 해야 하니, 그에 당한 가해자 쪽 부모는 영혼이 나간 듯한 얼굴이 되었다.

순식간에 수천만 원을 물어 주게 생겼으니까.

'그건 상관없는데……'

사실 가해자 쪽이 죽든 말든 상관없다.

중요한 건 본인이다.

하루에 그가 아무리 노력해도 처리할 수 있는 건수가 서른 건 정도다.

사람들은 재판을 할 때 한꺼번에 여러 개를 하니까 한 번에 백 건 이상의 사건을 할 수 있다고 생각하지만, 그건 재판을 하지 않는 날 거기에 매달려서 계속 판단하기 때문이다.

쉽게 말해서 닷새간 사건을 분석하고 재판이 있는 하루에 그걸 판결해 버리는 것이다.

그렇게 분석하고 판단하는 사건의 숫자는 아무리 많아야 하루에 서른 건 정도다.

한 건당 20분만 할애해도 시간당 세 건.

출퇴근 시간까지 감안하면 매일같이 야근을 해야 그 정도를 해결해 낼 수 있는 것이다.

20분만 할애하는 것도 엄청나게 줄인 거니까.

조금만 복잡해지면 한 시간 이상 걸리는 사건이 넘쳐 난다.

그런데 하루에 쌓이는 사건 건수가 이백 건 정도였다.

그야말로 그를 말려 죽이려고 작정한 것이다.

"새론 이 새끼들이 진짜."

조수오는 화를 낼 힘도 없어서 머리를 책상에 푹 박았다.

과로로 죽을 것 같았다.

하지만 그런 그도 결국 움직일 수밖에 없었다.

"저기, 조 판사님, 부장판사님이 부르시는데요."

"부장판사님이?"

힘들어 죽겠는데 부장판사가 부른다는 말에 그는 힘겹게 비척거리면서 일어났다.

"아니, 왜?"

"모르겠어요. 지금 다급하게 부르신다고 연락이 와서."

'뭐지, 불안한데.'

조수오는 불안했지만 안 갈 수는 없었다.

그는 힘들게 비틀거리면서 부장판사실로 들어갔다.

"저 조수오 판사입니다."

그가 도착하자 눈만 데굴데굴 굴리는 사람들이 보였다.

그걸 본 조수오는 일이 제대로 잘못되었다는 생각이 들었다.

"들어가 보세요."

"아니, 지금 무슨 일이 벌어지고 있는데?"

"그게…… 들어가 보시면 알아요."

직원조차도 말을 아끼는 걸 보고 조수오는 떨리는 몸을 가

누며 힘겹게 들어갔다.

안으로 들어가니 부장판사는 어떤 방송을 보고 있었다.

─그러니까 현재 민사재판부에서는 범죄자 양성을 도와주고 있다는 건가요?

─정확하게 말하면 민사재판부에서 어떤 이유에선지 범죄에 대한 손해배상을 금지하는 분위기가 퍼지고 있습니다.

화면은 보이지 않았다. 모니터로 보고 있었으니까.

하지만 그 내용을 들은 조수오는 소름이 돋았다.

─대표적인 예가 지난 1년간의 강도 관련 손해배상인데요. 과거에 강도 관련 손해배상의 액수는 평균 600만 원이었습니다. 그런데 지난 1년간의 강도 관련 손해배상의 액수는 건당 22만 원입니다.

─22만 원요? 농담이시죠?

─농담이 아닙니다. 강도뿐만이 아니에요. 납치, 감금같이 강력 범죄에 대한 손해배상금 역시 과거에는 2천만 원 이상이었습니다. 하지만 최근에 납치, 감금, 폭행의 손해배상 평균 금액이 30만 원이에요.

─어떻게 이렇게 된 거지요?

─저도 제보를 받고 나서 놀랐습니다. 갈취와 절취, 절도 등등 모든 사건에 관해 손해배상액이 터무니없이 낮아졌습니다. 이건 상식적으로 말이 안 돼요. 이 정도로 배상액이 아무런 이유도 없이 낮아

졌다는 것은 사법 당국에서 손해배상을 전면 금지하지 않고서는 벌어질 수 없는 일이거든요. 더 큰 문제는, 재판부에서 가해자의 변호사비까지 피해자에게 물리고 있다는 겁니다. 이 말이 사실이라면 도리어 피해자가 가해자에게 돈을 주는 형태가 되어 버린다는 건데요. 사법 당국은 이 문제에 대해 아무런 말도 하지 않고 있습니다.

부장판사는 아무 말도 하지 않았다.

그러나 조오수는 그게 더 두려웠다.

그렇게 방송이 계속되다가 어느 순간 뚝 끊어졌다.

그리고 모니터 너머에서 분노에 찬 부장판사의 목소리가 들려왔다.

"조오수."

"네…… 네! 부장판사님!"

"너 지금 무슨 짓거리를 벌인 건지 알아?"

"그건…….."

"네가 주도했다면서?"

"아니, 그게…….."

평판사들이 야합하여 일을 줄이자고 한 건 사실이다.

그리고 그걸 선동한 게 그가 맞기는 하다.

"이 새끼야, 미쳤냐? 지금 법무부 장관님이 대통령한테 불려 간 거 알아?"

"…….."

조오수는 진땀을 흘렸다.

자신의 커리어가 끝장났다는 걸 직감적으로 느꼈기 때문이다.

"그리고 소송비용은 원고가 부담한다고?"

부장판사는 뭔가를 툭 던졌다. 제법 두툼한 서류였다.

"이게……."

"항고한 사건이다, 이 새끼야. 항고 사유가 부당한 소송비용 전가야. 피해자에게 터무니없이 낮은 손해배상을 준 것도 부족해서 소송비용까지 전담시킨다는 건 부당하다는 항고장이다."

"그건……."

"죽을래? 네가 지금 선배 판사들을 다 죽이려고 작정했지?"

"아……."

그제야 조오수는 지금 상황이 이해가 갔다.

그에게 매달 떨어지는 3천 건의 사건.

그리고 그의 판결에 항고하는 피해자.

그런데 1심 판사에 비해 2심 판사는 훨씬 적다.

문제는 그걸 사전에 거를 방법이 없다는 거다.

일단 항고 이유 자체가 정당하니까.

그 말은, 자신은 한 달에 3천 건이지만 2심 판사들은 한 달에 몇만 건의 사건을 해결해야 한다는 거다.

그게 가능할 리 없다.

"너 미쳤냐? 어? 너만 일하기 싫어?"

"아니…… 그게, 일이 너무 많다 보니까……."

"일이 많다고 일을 이따위로 해?"

조오수는 고개를 들 수가 없었다.

"이번 사건에 대해 감사가 들어갈 거다. 그렇게 알고 있어."

그 말을 끝으로 부장판사는 더 이상 아무 이야기도 하지 않았다.

그리고 그 끝이 어떤 건지는, 부장판사가 말을 하지 않아도 조오수는 느낄 수 있었다.

⚖️

"재판부가 두 손 두 발 다 들었더군. 애초에 재판부까지 가지도 않아. 가해자들이 아주 살려 달라고 빌고 또 빌더군."

김성식은 허허 웃으며 말했다.

"그럴 수밖에 없지요. 손해배상이 문제가 아니니까요."

손해배상? 사실 그 몇천은 문제가 안 된다.

문제는 변호사 비용이다.

변호사 비용 같은 경우는 법원에서 인정하는 금액이 따로 있는데, 건당 50만 원이라고 해도 1천 건이면 5억 원이다.

손해배상 1천만 원은 별도로 말이다.

"과거에는 재판부에서 그걸 피해자에게 넘겨서 입을 막으려고 했지만 그게 이제 안 되니까요."

사회적으로 이슈가 한번 되고 나자 당연히 사법부에서는 피해자에게 재판의 비용을 떠넘기는 것을 금지했고, 변호사 비용으로만 가해자들은 몇천만 원이 날아가게 생겼다.

물론 그 가해자가 성인이 된 후에 형사소송은 따로 진행되니까 감옥은 감옥대로 가야 한다.

거기에다가 이건 합의가 아니다. 재판을 통해 빼앗는 거지.

"당연히 미래에 형사소송이 들어간다고 해도 감형 사유가 되지는 않거든요."

그러니 이제는 가해자들이 다급하게 되었다.

차라리 몇천 주고 당장 합의하는 게 훨씬 남는 장사가 되어 버렸으니까.

"아마 이 방법이면 아무리 재판부가 일하기 싫다고 해도 어쩔 수 없을 겁니다."

재판부에서는 얼마 전 새론에 왔다 갔다.

정상적으로 판결해 줄 테니 그냥 묶어서 제출해 달라고 말이다. 안 그러면 일 때문에 죽을 판국이니까.

"아마 다시는 이런 꼼수 못 부릴 겁니다."

그랬다가는 다시 개별 사건 고소로 돌아가면 그만이니까.

"하긴 그놈들이 자기 손해 볼 일을 할 놈들은 아니지."

"누구나 그렇지요."

노형진은 피식 웃으며 말했다.

"그들이 방법을 찾았다고 생각했을지 모르지만요. 우리도 방법을 찾는다는 걸 확실하게 알았을 겁니다."

그리고 최종 승리자는 새론과 노형진이었다.

"오늘은 승리를 자축하는 축배라도 들어야겠네요."

역사가 바뀌면 사건 역시 바뀐다

엠버는 배를 움켜쥐었다.

하얀색의 블라우스는 이미 피로 범벅이 되어 있었다.

힘겹게 움직이던 그녀는 고개를 돌렸다.

"멀리 못 갔을 거다. 어떻게 해서든 찾아!"

"그 여자를 꼭 찾아라!"

그녀는 눈을 찌푸렸다.

물론 변호사라는 직업상 원한을 많이 산다는 것은 안다.

하지만 총격까지 받아 본 것은 처음이었다.

'아파.'

그래도 생각보다 많이 아프지는 않았다.

살기 위해 움직이고자 몸이 통증을 억누른다고 하더니 실제로 그런 모양이다.

엠버는 눈을 찌푸리면서 고개를 돌렸다.

'안전 가옥을 마련해 둬서 다행이긴 한데……'

로버트는 엠버와 다른 사람들을 위해 안전 가옥을 만들어 놨다.

혹시나 그들이나 의뢰인의 안전이 위험할 때 쓰라고 말이다.

'미안해요.'

엠버는 환풍구 구멍 너머로 보이는 의뢰인을 바라보았다.

살리려고 했지만 총이 정통으로 그의 가슴을 뚫었기에 살릴 수가 없었다.

그나마 다행인 건 창 바깥에서 날아온 총알이 그를 관통하면서 힘이 빠져 엠버에게 박힐 때에는 위력이 크게 줄었다는 것이다.

아니었다면 이미 그녀 역시 차가운 시체가 되어서 바닥을 나뒹굴고 있었을 것이다.

'안전 가옥이 드러날 줄은 생각도 못 했는데.'

엠버는 피가 흐르는 배를 부여잡고 옷장 뒤로 향했다.

안전 가옥에는 모두 이중으로 탈출로가 숨겨져 있었다.

다행히 이곳에 들이닥친 인간들은 그걸 모르는 모양이었다.

하긴 그건 가옥 구입 후에 모두 새로 설계한 것이니 외부에서 알 방법은 없을 것이다.

"없습니다!"

검은색 스키 마스크를 쓴 남자들이 들이닥치는 것이 보였다.

엠버는 바로 환풍구를 닫았다. 그리고 미리 준비된 통로를 따라 재빠르게 지하로 내려갔다.

위에서 웅웅거리며 소란이 벌어지는 걸 보니 그녀를 찾으라고 난리를 치는 모양이었다.

정확히는 그녀가 가진 이 물건을 찾는 게 목적일 것이다.

'빼앗길 수는 없어.'

의뢰인이 마지막으로 남긴 물건이고 이번 사건의 유일한 증거다.

이게 저들에게 넘어가면 자신뿐만 아니라 드림 로펌 자체가 위험해진다.

'크윽.'

그녀는 애써 아픔을 참았다.

비명이 새어 나갈까 두려워서 옷을 찢어서 입에 물었다.

그사이 좁은 계단을 내려와서 지하 토굴을 지났다.

그리고 목적지에 도착했을 때, 그녀는 미리 준비된 차를 보고 안도의 한숨을 내쉬었다.

"멀쩡하구나."

아무런 손상도 없이 주차된 차량.

사실 안전 가옥은 그곳만 있는 게 아니었다.

지하를 지나서 감춰진 통로를 지나면 다른 집의 지하 창고로 들어가게 되어 있다.

그런데 거기에는 일종의 속임수가 있었다.

지하 창고는 2층이다.

원래는 1층이었는데 돈을 주고 새로 하나 더 판 것이다.

그곳에는 추적할 수 없는 오래된 차 한 대가 놓여 있었다.

푸르르르!

거의 엠버만큼이나 오래된 차는 힘들게 털털거렸지만 시동이 꺼지지는 않았다.

"하아, 다행이다."

이 차는 누구의 차도 아니다. 그러니 저들이 의심하지는 않을 것이다.

그녀는 그렇게 중얼거리면서 차를 몰고 슬쩍 바깥으로 나왔다.

약간 떨어진 곳에 정체 모를 차들이 잔뜩 몰려 있는 것이 보였다.

엠버는 마치 아무런 상황도 모르는 척 반대쪽으로 차를 몰고 그곳을 떠났다.

하지만 고민은 여전히 있었다.

'드림으로 가야 하나?'

하지만 이내 고개를 흔들었다.

그들이 이미 드림을 감시하고 있을 가능성이 높다.

그렇다면 진짜 드림이 위험해질 수도 있다.

그렇다고 그녀의 집으로 갈 수도 없다.

그녀가 있는 안전 가옥에 왔다는 것은 자신을 추적하고 있다는 소리다.

그런 자들이 그녀의 집을 모를 리 없다.

'다른 안전 가옥…… 아니야.'

그것도 힘들다.

안전 가옥이라고 해서 수십 채가 있는 것도 아니다.

그들은 이미 한번 안전 가옥을 찾아냈다.

그렇다면 다른 안전 가옥도 감시하고 있을 가능성이 높다.

'일단은 자리를 피하자.'

그녀는 이를 악물고 차를 끌고 움직였다.

저 멀리 사이렌이 들려오고, 마치 마법처럼 사람들이 사라져 갔다.

⚖

"뭐라고요?"

노형진은 어지간하면 당황하지 않는다.

그럴 이유가 별로 없기는 하다.

하지만 이 순간만큼은 당황할 수밖에 없었다.

엠버가 사라졌다는 연락에 다급하게 미국에 왔는데, 그 잠깐 사이의 조사 결과는 심각하기 그지없었다.

"저격으로 보입니다. 사망자는 심장을 관통당했습니다."

"그게 말이나 됩니까? 의뢰인은 총에 맞아서 쓰러지고 우리 변호사는 사라졌는데 흔적도 없다는 게?"

"정확하게는 '청소'되었습니다."

엠버를 대신해서 일단 지휘하게 된 데릭은 심각한 표정으로 말했다.

"흔적이 하나도 없습니다. 범인이 불을 질러서 주요 증거가 모조리 사라졌습니다."

"하지만 스프링클러가 설치되어 있지 않았습니까?"

노형진이 화재에 대비하지 않은 게 아니다.

안전 가옥에는 당연히 화재 제압 시설이 되어 있다.

"그게 작동하지 않은 겁니까?"

"했습니다. 하지만 사건이 벌어진 방 안에서 시작된 화재는 막지 못했습니다. 주변에 퍼진 불은 막았습니다만."

어지간한 불이면 스프링클러로 충분히 막을 수 있다.

그런데 막지 못했다는 건……

"소방관의 말로는 소이탄을 쓴 걸로 추정된답니다."

"끄응……."

소이탄은 명백하게 군용품이다.

일개 갱단이나 범죄자들이 가지고 있을 만한 물건이 아니다.

"현장에 엠버의 시신은 없었습니다. 엠버의 피는 발견되었지만, 다행히 시신은 없습니다. 피가 비상 통로에서 발견된 점을 봐서는 탈출한 것 같습니다."

"그런데 왜 우리에게 오지 않은 겁니까?"

"아무도 우리까지 위험해질 거라고 판단한 것 같습니다."

"도대체 무슨 사건인데요?"

"저도 모릅니다. 아직 정식 수임한 사건도 아니고요."

극비에 부쳐야 한다며 엠버가 일단 피해자를 안전 가옥으로 데려갔다. 그런데 일이 터진 거다.

"피해자의 신분은요?"

"그게 문제입니다. 기록에 없습니다."

"뭐라고요?"

"운전면허증, 신분증, 하다못해 영수증 하나 없습니다. 마치 존재하지도 않던 사람이 갑자기 나타난 것 같습니다."

"탄 게 아니고요?"

"그랬으면 재라도 나왔어야 합니다."

하지만 주머니는 아예 비어 있었다.

하다못해 신분증이 있었다면 그게 녹은 플라스틱이라도 나와야 한다.

"하지만 그것도 없습니다. 깔끔하게 재만 남았습니다."

노형진은 기가 막혔다.

사람을 태우는 데에는 단순 소이탄으로는 안 된다.

"설마, 백린탄?"

"그런 거라 생각하고 있습니다."

"그게 가능합니까?"

소이탄도 군사용 무기라 구하기 힘들지만 백린탄은 거의 불가능하다.

　그럴 수밖에 없는 게, 백린탄은 아예 대량 살상 무기로 분류되어서 통제되는 물건이기 때문이다.

　"다른 곳으로 퍼진 불은 그래도 스프링클러가 껐습니다만……."

　백린을 비롯한 소이탄은 도리어 물을 타고 주변에 번지면서 불을 더 키운다.

　"그래서 건물 자체는 타격이 없지만 방은 아예 깡그리 불타 버렸습니다."

　"미친……."

　누군지 모르지만 일이 틀어졌다는 걸 알고는 증거를 없애기 위해 백린탄을 던진 것이다.

　그게 어떤 물건인지 모를 리는 없고, 그걸로 관심을 끌더라도 흔적을 지우는 게 더 중요하다고 생각했을 테니 이 문제가 얼마나 심각한지 알려 주는 대목이었다.

　"그리고 이건 다른 문제인데……."

　"다른 문제?"

　"총이 발견되었습니다."

　"총?"

　"네, 저격용 라이플입니다. 저격한 것으로 추정되는 위치에 버려져 있었습니다."

노형진은 심각한 표정으로 돌변했다.

"그 말이 사실입니까?"

"네. 탄환이 없어서 비교는 못 해 봤습니다만, 저격 각도를 보면 확실합니다."

"도대체 누구이기에⋯⋯."

노형진이 이렇게 예민하게 반응하는 데에는 이유가 있다.

그들은 총을 버렸다.

물론 그런 경우는 종종 있다.

총을 버리면 추적 자체가 불가능해지기 때문이다.

그러나 그 안에는 한 가지 조건이 붙어야 한다.

"그 총, 다른 곳에서 사용된 적이 없지요?"

"네, 그렇습니다."

"주인도 없을 테고?"

"총기 번호는 모두 지워져 있었습니다. 부품 번호 하나까지 꼼꼼하게요."

저격용 라이플의 가격은 절대 싸지 않다. 거기에다가 구하기도 쉽지 않다.

차라리 자동 소총 계열은 구하기 쉽다.

하지만 저격용 라이플은 장거리에서 표적을 노린다.

당연하게도 범인을 잡기 힘들기 때문에 어지간해서는 구하기 어렵다.

또한 보통 한 번 쓴 후에도 다시 쓴다.

그래서 범인을 잡은 후에는 그 총의 총열을 비교해서 다른 사건과 엮곤 한다.

　"하지만 단 한 번도 사용되지 않은 총이다 이거지요."

　"네."

　"총열의 마모 상태는요? 아예 새거입니까?"

　"좀 사용한 흔적이 있더군요."

　"전문가로군요. 아니, 이건 절대 개인적인 사건이 아니에요."

　전문가들은 자신의 총을 가지고 훈련한다.

　군대에서 총을 받으면 자신에게 맞춰서 조정해서 쓰라고 가르친다.

　하지만 저격의 경우 변수가 아주 많다.

　당연하게도 똑같은 총이지만 아주 살짝 달라지는 것도 큰 차이를 만들어 낸다.

　"사용감이 있는, 기록에는 없는 총이라……."

　그 말은 상대방이 그 총을 연습할 때 썼다는 뜻이다.

　이는 그냥 버리고 갈 정도로 언제든 새로운 총을 공급할 수 있는 상황이라는 것을 의미하기도 한다.

　"카메라에 녹화된 장면도 같은 상황입니다. 정황을 보면 그들은 분명 훈련된 사람들입니다."

　안전 가옥에서 녹화된 장면은 현장의 장비에 저장되지 않는다.

　인터넷으로 실시간으로 전송된다.

그들은 아주 체계적으로 훈련된 모습을 보였다.

"훈련을 받았고 무기를 언제든 공급할 수 있으며 철저하게 통제되는 군사용 무기를 사용했다라……."

노형진의 얼굴이 사정없이 일그러졌다.

"특수부대라도 들이닥쳤다 이겁니까?"

"모르겠습니다. 일단 정부에 질의를 했습니다만."

"그치들이 잘도 '네, 우리가 보냈습니다.' 그러겠습니다."

노형진은 자신도 모르게 버럭 화를 냈다.

그리고 데릭이 움찔하는 것을 보고 애써 마음을 다스렸다.

사실 데릭은 아무런 잘못도 없다. 그도 비상사태에 최선을 다하고 있는 중이었다.

"미안합니다. 제가 흥분했네요."

"아닙니다. 저도 지금 흥분한 상황이라서요. 일단 현 상황에서 가장 중요한 사항은 엠버의 안전이니까요."

"정부에서는 뭐랍니까?"

"일단 그쪽도 난리가 났습니다."

그럴 수밖에 없다.

노형진이 깨달은 간단한 걸 그들이 모를 리 없다.

훈련된 무장 병력의 습격. 이건 아무리 미 정부라고 해도 심각하게 여길 수밖에 없다.

"더군다나 그들이 군용 무기를 사용했다는 게 미 정부에서도 심각하게 받아들이고 있습니다."

라이플은 구할 수 있다.

하지만 소이탄은 구할 수가 없는 물건이다.

더군다나 백린이라면 더더욱 말이다.

"그렇기는 하겠군요."

백린을 구할 수 있다는 말은 다른 무기도 구할 수 있다는 뜻이다.

가령 군용 폭탄인 C-4 같은 물건 말이다.

일반적으로 테러범들이 사용하는 물건은 조잡하게 직접 만든 화약이나 공사 현장 등지에서 훔칠 수 있는 다이너마이트 같은 것들이다.

'하지만 C-4는 다르지.'

파괴력이 다르고, 형태를 감추는 것도 쉽다.

C-4의 경우는 뇌관이 없으면 절대 터지지 않는다.

실제로 거기에 불을 붙여도 터지지 않는다.

전쟁터에서는 그걸 고체 연료처럼 써먹는 경우도 있었다.

불을 붙이면 진짜 고체 연료보다 화력도 좋고 잘 타기 때문이다.

물론 그런 경우는 유독가스가 나오기 때문에 전문가들은 절대 비추천하지만 말이다.

가장 큰 문제는, C-4는 형태를 바꿀 수 있다는 거다.

쉽게 말해서 고무찰흙 같은 거다.

그러니 다른 폭탄과 다르게 형태로 추적할 수가 없다.

"도대체 일이 어떻게 된 겁니까? 다짜고짜 엠버가 이 사람을 데리고 가야 한다고 했을 리 없지 않습니까?"

엠버는 현명한 사람이다.

만일 그녀가 멍청했다면 노형진이 그녀를 드림 로펌의 대표로 뽑지는 않았을 것이다.

"그게 저도 이상한 일입니다. 일단 자료를 보면 그녀가 한 행동은 우리가 아는 엠버와 많이 다릅니다."

엠버는 보안이 더 높은 회사에서 피해자와 만나지 않았다.

바깥에서 만나고는, 긴급 상황이라며 안전 가옥을 다급하게 요구한 뒤 바로 그쪽으로 움직였다는 것이다.

"안전 가옥을 누가 추적한 겁니까?"

"그것도 알 수 없습니다."

안전 가옥은 철저하게 제삼자의 명의로 되어 있다.

관련성이 있다면 안전 가옥일 수가 없다.

그런데 안전 가옥을 알아내고 저격에 불까지 질렀다.

"이건 우리만으로 해결할 수 있는 사건이 아니군요. 아니, 이런 경우는……."

노형진은 긴 한숨을 내쉬었다.

"정부에서 끼겠지요."

물론 정부에서 끼는 건 당연한 거다. 일단 살인 사건이니까.

"하지만……."

노형진이 말을 막 이어 가려고 하는 순간이었다.

한 남자가 현장 입구에 서 있는 노형진과 데릭에게 다가와 다짜고짜 신분증을 내밀었다.

　　"FBI 요원인 제디 존슨입니다. 이곳은 우리 관할구역입니다."

　　'그렇지. 이렇게 나오겠지.'

　　노형진은 자신의 예상이 맞아떨어지자 씁쓸하게 미소를 속으로 삼켰다.

　　"그리고 동시에 우리 변호사가 사라진 곳이기도 하지요."

　　"이 사건은 저희가 알아서 하겠습니다. 민간인은 위험하니까 일단 뒤로 물러나 주십시오."

　　좋게 말해서 물러나라는 거지 대놓고 말하면 이거다, '이건 우리 사건이니까 손 떼고 꺼져.'

　　'뭐, 하루 이틀 문제가 아니기는 하지만.'

　　물론 이 모든 건 심각한 문제일 수밖에 없다.

　　그리고 일반적으로 민간인은 이런 사건에서 할 수 있는 게 없다.

　　그저 뒤에서 사건이 해결되기를 기다릴 수밖에.

　　"하지만 실종된 건 우리 변호사입니다. 당장 찾아야 합니다. 사건이 뭔지도 모르는 상황에서 그녀를 마냥 기다리기만 할 수는 없습니다."

　　"걱정하지 마십시오. 우리가 안전하게 모셔다드리겠습니다."

　　"그러니까 어떻게요? 어디에 있는지는 압니까?"

　　"이미 추적 중입니다."

물론 추적 중일 것이다.

하지만 그녀가 발견될 가능성은 낮다.

'그녀도 정부를 의심할 수밖에 없어.'

그러니 그녀는 일단 정부의 눈을 피하려 할 수밖에 없다.

더군다나 이번 사건이 정부의 비밀 작전과 관련되어 있다면 말이다.

"그럴 수는 없습니다. 우리는 우리 사람을 찾을 겁니다."

데릭은 발끈해서 덤볐다.

하지만 그런 데릭에게 돌아온 것은 비웃음뿐이었다.

"그러면 어쩌시려고요? 이번 사건을 추적하시면서 영화처럼 총격전이라도 하실 겁니까?"

"그건……."

영화는 영화일 뿐이다. 아무리 드림 로펌이 규모가 크다고 해도 한계가 있을 수밖에 없다.

"이번 사건은 저희가 알아서 조사할 테니 돌아가서 기다리세요."

"하다못해 현장이라도……."

"괜찮으니까 가세요."

명백하게 쫓아내는 행위다.

"이봐요!"

데릭이 발끈해서 뭐라고 하려고 하자 노형진은 그런 그를 말렸다.

"그만두십시오."

"하지만 미스터 노, 이 사건은……."

"저들이 이런 식으로 나오면 우리로서는 방법이 없습니다. 미 정부의 보안 의식이 얼마나 철저한지 잘 아시지 않습니까?"

좋게 돌려 말해서 보안 의식인 거지, 저쪽에서 정보를 얻어도 절대 남에게 주지 않는다는 소리다.

심지어 테러 정보를 얻어도 어지간한 경우가 아니면 다른 첩보 단체와 공유하지 않는다.

"FBI가 우리를 수사에 끼게 할 가능성은 없습니다."

"그러면 엠버가 돌아오길 마냥 기다리실 겁니까?"

"아니요. 그건 아닙니다. 우리는 우리 나름대로 조사를 할 겁니다."

"하지만 어떻게요?"

노형진은 차분하게 말했다.

"우리에게는 미다스가 있으니까요."

"아……."

미다스의 정보력은 세계 제일이라고 한다. 그러니 그 이름을 판 것이다.

"그러면 믿을 수 있겠군요."

데릭의 말에 노형진은 씁쓸하게 미소 지을 수밖에 없었다.

"그건 모르겠네요."

노형진은 숙소로 돌아와 가장 먼저 머릿속을 정리하면서 이 시점에 벌어졌던 테러 사건에 대해 생각하기 시작했다.

'하지만 테러는 없었어.'

미국은 테러에 병적으로 반응한다.

원래 역사에서 이 시기에 노형진은 미국과 한국을 왔다 갔다 했다. 그러니 테러가 벌어졌다면 이미 기억이 났어야 한다.

'하지만 뉴스에 나온 기억은 없어.'

그렇다면 둘 중 하나다. 실패했거나, 성공했지만 은폐되었거나.

'후자일 가능성은 없지.'

그걸 감춘다고 해서 미국에 좋을 게 하나도 없다.

도리어 애국심을 고착하기 위해서라도 그런 건 바로바로 공개한다.

'그러면 실패했다? 하지만 그런 것치고는 규모가 너무 거대한데.'

이 정도 군사 능력을 가진 조직이 실패했다고 보기는 어렵다. 물론 미 정부에 의해 소탕될 수도 있겠지만.

'이번 사건이 뭔지 모르지만, 그들은 존재를 드러내는 걸 두려워하지 않았어.'

그 말은, 그들이 단순 테러 단체가 아닐 수도 있다는 의미다.

하긴 미 정부의 정보에 대한 집착은 어마어마하다.

심지어 그들은 알게 모르게 자국 내 대사관도 도청하고 있다. 그런데 그들이 이런 조직을 몰랐다고 보기에는 무리가 있다.

'그 말은 정부 쪽과 관련이 있다는 거야.'

노형진은 가정이 계속될수록 심각해졌다.

만일 그 가정이 맞는다면 이 사건은 은폐될 가능성이 높아지니까.

실제로도 이런 사건을 은폐하는 것은 어려운 일이 아니다.

새로운 테러 단체를 하나 만들고 그 단체에서 했다는 발표를 인터넷으로 해 버리면 사람들의 관심은 그쪽으로 쏠린다.

물론 그들이 추후 활동하지 않아도 상관없다.

중요한 건 외부의 테러 단체라는 것이며, 그로써 미 정부는 혐의에서 완전히 벗어난다는 것이다.

'미 정부에서? 아니야, 아무리 미 정부라고 해도 그럴 가능성은 낮아.'

그들이 미치지 않고서야 자국 내에서 뭘 감추겠다고 총질을 하지는 않을 것이다. 그것도 자국민을 상대로 말이다.

'그러면……'

그러면 개별 조직의 독단적 행동에 무게가 쏠린다.

하지만 그 이유는 여전히 의문으로 남아 있다.

'이 시기에 일어난 테러는 없어.'

그러면 뭔가를 감추기 위해서라는 건데…….

'뭐가 바뀐 거지? 도대체 뭐가 바뀌었기에 이런 일이…….'

노형진은 바뀐 걸 생각하다가 아차 싶었다.

멀리 갈 필요가 없었던 것이다.

바뀐 건 바로 그 자신이었으니까.

'그리고 드림 로펌.'

원래 역사에 드림 로펌은 없었다.

지금쯤 엠버는 드림 로펌의 변호사가 아니라 로스쿨에 다니면서 진 빚을 갚기 위해 낮에는 변호사로, 밤에는 콜걸로 일하고 있어야 했다.

드림 로펌에 있는 다른 변호사들도 마찬가지일 테고 말이다.

'하지만 드림 로펌이 생겼지.'

드림 로펌은 미국에서도 강한 곳으로 소문이 나 있다.

규모만의 문제가 아니다.

드림 로펌의 뒤에는 미다스와 마이스터가 있다.

규모로 봤을 때도 결코 작지 않다.

미국은 각 주별로 법이 다르기 때문에 변호사 자격도 주별로 발급한다.

그리고 드림 로펌은 각 주별로 따로 변호사 사무실을 운영하는 몇 안 되는 곳이기도 하다.

당장 로펌 중에서 안전 가옥을 운영하는 곳이 얼마나 되겠는가?

'비상시 보호받을 수 있는 여건.'

다른 곳과 다르게 드림 로펌은 그게 가능하다.

실제로 그런 사건이 몇 번 있었고 말이다.

'만일 이 사실이 원래 드러나지 않았다면?'

무리를 해서라도 실행된 암살이다.

원래 역사였다면 그는 어떻게 되었을까?

드림 로펌이 없었으니 조용히 암살되었을 가능성이 높다.

"젠장, 이거 도대체 무슨 일에 엮인 거야?"

노형진은 저절로 이가 갈렸다.

그가 미국에서 강한 힘을 가지는 것이 나쁜 것은 아니다.

하지만 그렇다고 해도 위험한 정치 게임에 휘말리는 것은 절대 사절이었다.

"미국 정부라고 하면 이건 좀 상황이 다른데."

노형진이 노력한다고 해도 미 정부를 이길 수는 없다.

더군다나 미 정부는 노형진이 미다스인 것을 알고 있다.

지금은 그저 서로에게 도움이 돼서 쉬쉬하고 있는 거지, 그게 아니라면 그들은 신경도 쓰지 않고 노형진을 암살하고 미다스의 재산을 먹어 치우려고 수작을 부릴 것이다.

"그렇다고 여기서 도망갈 수도 없고."

그건 어렵지 않다. 하지만 그렇게 하면 엠버는 100% 죽는다.

"더군다나 이게 미 정부의 수작인지 확실하지도 않고. 아니, 미 정부라고 해도 이렇게까지는 하지 않겠지."

노형진은 이를 악물었다.

그리고 고개를 돌려서 호텔의 창밖을 바라보았다.

'창문의 진동을 읽어서 도청을 한다든가?'

노형진은 심각한 표정이 되었다.

미 정부의 도청 기술은 뛰어나다.

물론 미 정부가 아니라 정보를 관리하는 누군가이겠지만.

'이 사건에 그들이 관련되어 있다면 방심할 수 없다.'

노형진은 일단 창문으로 다가가서 커튼을 쳤다.

커튼을 치면 음파가 막히기 때문에 창문을 통한 도청은 힘들 테니까.

'이 상황에서는 사이코메트리도 못 쓰겠군.'

사실 노형진이 사망자에 대해 확인하는 가장 좋은 방법이 있기는 하다.

바로 그의 시신에서 기억을 읽는 것이다.

평소 그걸 좋아하지는 않는다.

그렇게 되면 죽음에 대한 느낌까지 모조리 읽히기 때문에 아무리 운이 좋아도 기분이 나쁘고, 최악의 경우는 목숨이 위험해지기도 한다.

그 대상의 죽음의 순간에 같이 끌려 들어가는 것이다.

'하지만 시신에 접근하는 건 힘들겠네.'

설사 접근한다고 해도 불을 붙인 물건이 백린이라면 뼈도 안 남았을 가능성이 높다.

'그렇다고 그냥 넘어갈 수도 없고.'

이 사건에서 도대체 무슨 일이 벌어지는지 알 수는 없다.

하지만 그냥 넘어가기에는 너무 큰일이 벌어지고 있을 가능성이 높았다.

'그렇다면……'

이 상황에서 그를 도와줄 사람이 누가 있을까?

노형진은 결국 한 사람을 떠올렸다.

"원래 끼리끼리 만나는 법이지."

노형진은 씩 웃으며 전화를 들었다.

⚖️

─미친 새끼.

남상진이 처음 한 말이었다.

언제나 이성을 차갑게 유지하여 흥분을 거의 하지 않는 남상진이다.

그런 성격 때문에 전 세계를 돌아다니면서 브로커 노릇을 할 수 있는 것이고 말이다.

그런데 그런 그가 사건 전반에 대해 듣고는 가장 먼저 내뱉은 것이 욕이었다.

─손 털어. 이건 네가 나서서 해결될 문제가 아니야.

"나도 내 사람이 관련이 없었다면 벌써 손 털었지. 하지만 내 사람이 관련되어 있어. 그러면 손 못 털지."

─그런다고 해서 뭐가 바뀌는데?

"그거야 이제부터 해 봐야지."

─만일 그 사람이 멀쩡하게 돌아오면 손 털 거냐?

"당연히. 하지만 너도 알잖아? 이 상황에서 엠버가 그냥 멀쩡하게 돌아올 가능성이 얼마나 될 것 같아?"

남상진은 전화기 너머에서 침묵을 지켰다.

그가 생각해도 엠버가 돌아올 가능성은 높지 않았다.

설사 조용히 돌아온다고 해도, 그녀가 뭘 알고 있는지에 따라서는 암살의 대상이 될 수밖에 없다.

"그래도 난 알아야겠어."

─그러니까 미친 새끼라는 거다.

"너같이 차가운 놈은 모르겠지만, 내 사람을 못 지킬 거면 이런 게 다 무슨 필요가 있냐?"

남상진은 침묵을 지켰다.

하긴 그는 살아오면서 자기 사람이라 할 존재가 거의 없었을 테니 말이다.

오로지 이권으로 만나고 이권으로 헤어질 테니까.

─하여간 미친놈은 미친놈이야.

"그래서 도와줄 거야, 말 거야?"

─내가 아무리 미쳤어도 내 모가지 날릴 짓은 안 한다.

'그렇지, 그럴 리 없지.'

사실 노형진은 남상진에게 전화하면서도 기대는 하지 않았다.

　그가 정이나 정의 같은 것에 휩쓸려서 도와줄 인간이었다면 사람 죽이는 무기를 팔고 다니지는 않을 테니까.

　"하지만 도와줄 사람은 알고 있겠지?"

　노형진이 노리는 게 바로 그거였다.

　그는 무기를 거래한다.

　이는 즉 여러 정치인들과도 관련이 있지만 무기가 필요한 사람들, 그러니까 스파이나 기타 단체와도 연관되어 있다는 소리다.

　─설마 그런 조직이 나한테서 무기를 살 거라고 생각하는 거냐?

　"그럴 리가 있냐?"

　국가 소속 조직이라면 남상진에게 무기를 살 이유가 없다.

　원하면 얼마든지 빼돌릴 수 있으니까.

　"다만 네가 거래하는 스파이가 있을 것 같거든. 가령 러시아라든가 러시아라든가 러시아 같은 곳."

　─왜 다 러시아야?

　"중국 애들은 요즘 힘 못 쓰잖아."

　일단 미국에서는 중국인들, 아니 동양인들의 외모가 튈 수밖에 없기 때문에 의심의 눈길을 받을 수밖에 없다.

　노형진이 미국에서 수작을 부릴 때 몇 번 중국 스파이 조직을 이용해서 더 그렇다.

하지만 러시아는 상황이 좀 다르다.

일단 중국이나 미국 못지않은 강대국인 데다가, 그들은 백인 계열이다.

즉, 미국 사회에 자연스럽게 녹아들기 쉽다.

실제로 많은 러시아 스파이들이 미국 국적을 가지고 활동하고 있다.

-'정보 좀 주십시오.' 하면 그 애들이 순순히 '아, 네. 드리겠습니다.'라고 할 거라고 생각하냐?

"뭐, 홍차를 보내 주겠지."

러시아는 미국보다 막무가내인 경우가 많다.

대놓고 방사능이 첨가된 홍차를 이용해서 암살하는 나라니까.

-알면서 그러는 거냐?

"하지만 적당한 대가가 있다면 좀 다르지 않을까?"

-적당한 대가? 도대체 그런 게 어디에 있다는 거냐?

노형진은 미소 지었다.

그들이 아주 군침을 흘릴 만한 대가가 있다.

"러시아 미녀를 내가 고용하는 건 어때?"

노형진의 말에 남상진은 순간 아무 말도 하지 못했다.

진짜로 노형진이 미쳤나 하는 생각이 들었기 때문이다.

하지만 노형진이 왜 러시아 미녀를 고용하겠다고 하는지

듣자, 그는 인정할 수밖에 없었다.

이 미끼는 지금의 러시아는 절대로 거절할 수가 없는 것이었다.

"아스가르드에는 여직원들이 엄청나게 많이 필요하지."

아스가르드, 전 세계에서 운영되는 신들의 전당.

그리고 전 세계 부자들과 재벌들, 기업가들, 귀족들의 만남의 장.

아스가르드에서 수많은 재벌가들이 만나며 이야기를 하는 것은 널리 알려진 사실이고, 그 안에서 한 이야기는 아무리 가벼운 이야기라고 해도 심각하게 받아들여진다.

그럴 수밖에 없는 게, 그들은 세계경제를 지배하는 사람들이니까.

"내가 알기로, 거기에 한 명이라도 넣으려고 하는 나라들이 줄을 섰다지?"

스튜어디어스든 요리사든, 아니 필요하다면 콜걸로라도 그 안에 사람을 넣고 싶어 하는 나라는 많다.

그곳에서 쓸 만한 정보 하나만 얻어도 그걸 통해 얻을 수 있는 수익이 어마어마하니까.

'물론 빛 좋은 개살구지.'

거기에 타는 사람들이 바보도 아니고, 거기서 그런 중요한 이야기를 할 리 없다.

물론 노형진이야 사이코메트리가 있으니 그들이 이야기를

하든 말든 다 읽어 내지만 말이다.

"지금 러시아 상황이 좀 안 좋지?"

미국은 극도로 러시아를 견제하고 있고, 그래서 현재의 러시아는 장기 침체 상황이다.

강한 조국을 외치고 있지만 그걸 유지할 수 있는 돈이 부족했다.

'그들에게는 어쩌면 기회일 수도 있지.'

운이 좋아서 투자 정보를 얻을 수도 있고, 더 운이 좋다면 뛰어난 미모로 거기에 탑승한 부자를 꼬실 수도 있다.

그렇게 된다면 그들이 러시아에 투자하게끔 만들 수도 있고.

어찌 되었건 지금 당장 돈이 쪼들리는 러시아 입장에서는 돈이 나올 수 있는 구멍을 만들어 준다는 것 자체가 상당히 군침이 흐르는 일이었다.

"어때? 그쪽에서 관심을 보일 만하지?"

─너 지금 너무 위험한 게임을 하는 거야.

"애초에 편하게 살려고 했다면 너랑 싸우지도 않았겠지."

남상진은 더 이상 이야기하지 않았다.

노형진의 말이 맞으니까.

─알아봐 주마. 하지만 그 대가는 적지 않을 거야.

"계좌나 보내 줘."

노형진은 그렇게 말하고는 전화를 끊었다.

"이제는 기다리는 일만 남았군."

노형진은 어떻게 해서든 진실을 밝혀낼 생각이었다.

그게 어떤 진실이든 말이다.

얼마 후 노형진을 찾아온 것은 금발의 늘씬한 미녀였다.

"캔디라고 해요."

누가 봐도 야시시한 복장을 하고 있는 그녀는 잘 꾸민 금발의 머리카락을 뒤로 넘기면서 웃었다.

"어떤 거부터 시작할까요?"

"네?"

노형진은 눈을 찌푸렸다.

'이 애는 뭔데?'

그는 그녀를 부른 적이 없다. 그런데 다짜고짜 뭘 시작하느냐니?

"에스코트 서비스 부르지 않으셨어요?"

"에스코트?"

노형진은 눈을 찌푸렸다.

에스코트 서비스.

고급 콜걸을 뜻한다, 단순히 한 번으로 끝나는 관계가 아니라 며칠간 함께 다니면서 하는 경우가 많은.

"어흠, 저는 안 불렀습니다. 오해가 있는 것 같은데요."

이것이법이다

"이런 건 자기가 부르는 경우보다는 선물인 경우가 많지요."

웃으며 자신의 가슴을 가리키며 다시 한번 말하는 여자.

"저 정도면 아주 뛰어난 선물이 되지 않겠어요?"

'선물?'

노형진은 정신이 번쩍 들었다.

물론 그에게 이런 걸 보낼 만한 능력이 되는 사람들은 많다.

하지만 그들은 그가 이런 걸 싫어한다는 걸 알기에 보내지 않는다.

어쭙잖게 그에게 잘 보이려고 하는 놈들도 다짜고짜 보낼 리 없고.

"들어가도 될까요?"

"아, 네."

선물이라는 말에 노형진은 방문 입구에서 비켜 줬고, 그녀는 들어오자마자 바로 노형진을 데리고 샤워실로 향했다.

"같이 씻을 거죠?"

"네? 아, 네 네."

노형진은 고개를 끄덕거리면서 그 안으로 들어갔다.

그녀는 안으로 들어가자마자 샤워기를 틀고는 가슴골 사이에서 작은 물건을 꺼내어 올려놨다.

"이쯤이면 대충 어떻게 되겠네."

"누구십니까?"

"알 필요는 없죠. 거래를 하고 싶어 한다고 들었는데?"

'역시나.'

예상대로였다.

이 선물을 보낸 것은 다름 아닌 남상진이었던 것이다.

그가 직접 건드릴 수는 없지만 적당한 대가를 준다면 중개를 해 줄 수는 있다고 하더니 대상을 직접 보낸 모양이었다.

"저는 시커먼 요원이 올 줄 알았는데요?"

"일종의 면접이라고 생각하시면 될 것 같네요."

"면접? 아아."

그러니까 아스가르드에서 일하게 될 사람이 그녀일 가능성이 높다는 의미다.

'이 새끼들 머리 쓰네. 하긴 스파이 집단이 머리를 안 쓰면 누가 쓰겠어.'

만일 어떤 여자를 다짜고짜 고용한다면? 그건 의심받을 수도 있다.

하지만 노형진이 그녀와 질펀하게 놀아나고 푹 빠져서 고용하는 것은 남자들의 세계에서는 흔한 일이다.

더군다나 그런 목적 때문인지 몰라도 그녀는 어지간한 모델은 명함도 내밀지 못할 정도로 뛰어난 외모를 가지고 있었다.

당장 미스 유니버스 대회에 나가도 결선까지는 충분히 나갈 정도다.

'그리고 내연녀라는 타이틀이 가지는 힘도 적지 않고 말이지.'

미다스의 가장 큰 신임을 받는 한국 마이스터 대변인의 내연녀라는 타이틀. 그에 따라 그녀가 가지는 파워가 달라질 수밖에 없다.

"아니면 여기서 같이 씻으면서 이야기할까요?"

살짝 웃으며 검은색 드레스 한쪽을 내려서 어깨를 드러내는 여자.

"아니요, 그럴 필요는 없겠네요."

"기회가 된다면 다들 거절은 안 하시던데요?"

"전 독이 든 사과는 안 먹는 주의라서요."

안 봐도 뻔하다. 이 정도 외모에 이 정도 몸매를 그냥 타고 난 건 아닐 것이다.

철저하게 미인계용으로 키워진 스파이일 것이 뻔하다.

근처에 두기에는 너무 위험한 여자다.

"아쉽네요. 천국을 보여 줄 수 있었는데."

"그러다 진짜 천국 가는 수가 있어서요. 러시아산 홍차는 너무 위험하거든요."

그녀는 피식 웃으며 욕조에 걸터앉았다.

"그런 걸 아는 분이 위험한 게임을 하시는군요."

"제 사람이 위험하니까요. 상황을 보면 미 정부의 어떤 조직이 끼어든 것으로 보이는데 말이지요."

"확실하게 이득을 보장하실 수 있나요?"

"제가 드릴 수 있는 건 기회입니다. 그걸 잡는 건 여러분이지요. 사실 제가 드릴 수 있는 기회가 결코 작은 것은 아닐 텐데요?"

그녀가 단순히 승무원으로 일하면서 잡는 기회가 아니다.

그녀를 통해 친구를 소개한다는 식으로 부자들에게 다른 미녀 스파이를 접근시킬 수도 있고, 그들을 통해 경제 정보를 얻어 낼 수도 있다.

"스파이들의 세계에서 접근할 수 있는 기회는 때로는 단순히 돈으로 환산할 수 없는 가치를 가지고 있는 걸로 알고 있습니다만."

"확실히 미다스가 신용할 만한 사람이네요."

그녀는 고개를 끄덕거리며 말했다.

"이번 일은 공식 작전은 아니에요. 정확하게는 미국 독립성 유지국이라는 곳에서 한 일입니다."

"독립성 유지국?"

노형진은 고개를 갸웃했다. 그런 곳은 들어 본 적이 없으니까.

"미 정부에서 모든 조직을 다 드러낼 거라 생각하나요?"

"그럴 리 없지요."

사실 외부에 드러난 조직은 감시 대상이 될 수밖에 없다.

그건 어떤 나라든 마찬가지다.

당연하게도 많은 비밀 조직이 있고, 그곳에서 비밀리에 작전을 실행한다.

"독립성 유지국이라는 곳이 어떤 곳이죠?"

"말 그대로 미국의 독립성을 유지하는 곳이지요. 미국의 약점은 각 주별로 갈라진 시스템이니까."

느슨한 형태로 갈라져 있는 미국이다.

각 지역은 주로 구분되며 그 주들은 각자 법이 다르다.

경제적으로는 같이 묶여 있지만 사법행정은 완전히 구분되어 있는 경우가 대부분이다.

"그런 경우 어떤 문제가 생길 거라 생각하세요?"

"독립이군요."

미국이 지금이야 잘나간다지만 문제가 생기면 독립하겠다고 할 수도 있다.

아니, 당장 지금이라도 그중 잘나가는 곳은 아예 독립하겠다고 설칠 수도 있다.

"미국 정부 입장에서는 골치 아프죠."

그걸 놔둘 수도, 그렇다고 싸울 수도 없다.

그냥 두자니 하나의 미국이라는 개념이 사라지게 되고, 개나 소나 다 독립을 요구하게 된다.

전 세계 어떤 나라도 일부 지역이 독립을 요구하는 경우 그냥 두고 보지는 않는다.

그냥 두지 않으면? 당연히 군대를 투입해야 한다.

문제는 미국은 총기 자유국이라는 거다.

단순히 총으로만 무장하는 것도 위험한데, 필요하면 대전차미사일부터 지대공미사일까지 다 구할 수 있는 게 미국이라는 나라다.

당장 미국에서 그런 일이 벌어지면 눈앞에 있는 여자의 나라인 러시아나 중국은 좋다고 반란군에게 몰래 무기를 퍼 줄 것이다.

"그들은 어둠 속에서 오래 암약했지요."

"무슨 소리인지 알겠습니다."

독립성 유지국.

그들은 미국에서 독립을 하거나 하려고 하는 세력을 견제하고 제압하며 감시하는 역할을 하는 곳이었다.

'그리고 구조상 그들은 비밀리에 움직일 수밖에 없겠군.'

독립을 위해 움직이는 자들이 처음부터 반란의 기치를 들고 활동할 리 없다.

정치인 또는 사회단체처럼 활동할 게 뻔하다.

그들을 감시한다는 것은 결국 민간인 사찰을 한다는 의미이니, 그 존재가 외부에 드러나면 미 정부는 심각한 타격을 입을 수밖에 없다.

과거에 도청 문제로 대통령이 쫓겨난 미국이다.

그런 곳에서 민간인 사찰은 심각하게 받아들여질 수밖에 없다.

"그들이 이번 사건의 주범입니다. 물론 공식적으로는 이슬람 테러 조직인 알 시라즈의 소행이고요."

"알 시라즈? 그건 또 뭡니까?"

"요즘 흔하지요, 미국에서 발생한 자생 이슬람 테러 조직은."

알 시라즈가 테러를 일으키고 미 정부와 추격전을 벌인 뒤 조용한 외곽으로 도망갔다가 군부대와 충돌해 총격전을 벌이는 와중에 자폭을 시도한다.

그게 이번 작전의 개요라는 말에 노형진은 입을 쩍 벌렸다. 벌써 대응책과 그 방법까지 나왔다는 이야기니까.

"그에 대해 누가 뭐라고 하겠어요?"

"그러겠지요."

미국에 매년 넘치는 게 시신이다.

하루에도 수십 명의 '존 도'가, 그러니까 신원미상의 시신이 나온다. 마약중독자, 범죄자, 불법 이민자, 밀입국자 등등.

그들의 시신을 가져다 두면 숫자를 맞추는 건 어려운 일도 아니고, 자폭을 하면 그게 아랍계인지 유럽계인지 알 수가 없다.

"기자들이 유전자 검사를 하겠다고 덤빌 수도 없는 노릇이고요."

설사 한다고 해도 엄밀하게 말하면 이슬람은 종교다.

아랍 계열에서 많이 믿을 뿐이다.

그러니 타국 출신의 이슬람 자생 분파가 생긴다고 해도 하등 이상할 게 없다.

실제로 동양이나 유럽에서도 이슬람을 믿는 사람이 많으며, 얼마 전에는 유럽의 소녀들이 자발적으로 이슬람 전사가 되겠다고 IS 지역으로 들어갔다.

그 끝은 비참한 성 노예였지만.

"그런데 왜 그들이 이번 사건을 끼어든단 말입니까?"

"어머? 생각보다 순진하시네. 그 의뢰인이 왜 드림 로펌을 찾아갔는지 아직도 모르나 봐요?"

"드림 로펌이 아무래도 국가를 상대로 버틸 수 있는 여력이 있으니까 그런 거 아닙니까?"

그 여자는 눈을 반달로 휘면서 웃었다.

누군가 보면 혹할 수밖에 없는 미소였지만 노형진은 그 미소가 왠지 두려웠다.

"지금 미국에서 가장 독립 가능성이 높은 곳이 어디라고 생각하세요?"

"네? 그게 무슨 말이지요?"

"미국에서 독립 가능성이 있는 지역이 어디라고 생각하냐고요."

"딱히 생각은 안 나는데요."

"그러니 모르시지요. 제가 알기로는 그곳과 친하실 텐데."

"제가 친한 곳이 독립한다고요?"

노형진은 그 순간 등골이 서늘했다.

"인디언 자치구⋯⋯."

역사는 예상하지 못한 곳으로 튀기 시작했다.

권력을 유지하는 것은 적이다

인디언 자치구. 인디언들이 모여서 사는 곳.

미국 전역에 퍼져 있으며, 각 부족별로 사는 곳이 다르다.

"과거에 인디언 자치구는 힘이 없었지요."

하지만 지금은 다르다.

미국은 인디언 자치구라고 지칭하고, 사실상 그곳을 말살하기 위한 많은 방법을 강구했다.

그래야 미국의 일부로 제대로 흡수할 수 있기 때문이다.

그 때문에 미 정부로부터 제대로 지원도 받기 힘들었고 또한 자립도 할 수가 없었다.

"하지만 지금은 다르지요."

노형진이 법의 허점을 이용해서 싼 가격의 병원을 만들었고 또한 약을 만드는 공장을 지었다.

그래서 직장이 생기고 돈이 돌면서 인디언 자치구는 빠르게 성장하고 있었다.

"현재 미국 내에서 가장 독립 가능성이 높은 곳이 바로 인디언 자치구예요."

인종 자체가 다르고 미 정부에 대한 원한도 깊다.

지금까지 미 정부에서 지원받은 것도 거의 없다 보니 그들과의 선도 그다지 많지 않고.

"확실히…… 독립하려고 하면 하기 쉬운 상황이기는 하지만……."

노형진은 고개를 흔들었다.

그건 어디까지나 감정적인 문제다.

현실적으로 인디언 자치구가 독립할 가능성은 거의 없다고 봐야 한다.

"일단 지금 인디언 자치구에서 가장 큰돈이 되는 건 미국인들 아닙니까?"

인디언 자치구에서 벌어지는 의료 관광. 그게 그들의 핵심이다.

터무니없는 미국의 의료보험 체계 때문에, 싼 가격에 치료받을 수 있는 인디언 자치구로 다들 몰려오는 것이다.

"독립을 하게 되면 그게 당연히 막히는데요?"

독립은 자존심은 챙길 수 있을지 몰라도 애들 밥을 빼앗는 행위다.

아무리 인디언들이 자긍심이 넘친다고 해도 독립을 생각할 정도는 아니다.

"중요한 건 그게 아니죠."

"아니라고요?"

"어떤 조직이든 수명이 다하고 싶지는 않을 테니까요. 특히나 무소불위의 권력을 휘두르던 정보 조직이라면 더더욱 말이지요."

그녀는 물이 찰랑거리는 욕조를 보더니 갑자기 드레스를 벗기 시작했다.

노형진은 다급하게 고개를 돌렸다.

"따뜻한 물을 보니 목욕하고 싶네요. 같이 들어올래요?"

"사양하지요."

"보통 남자들은 이 정도 자극하면 눈이 돌아가던데. 혹시 게이?"

"전혀 아닙니다."

욕조에 들어간 그녀는 피식 웃으며 샤워 커튼을 쳤다.

그렇게 얇은 샤워 커튼을 사이에 두고 둘 사이의 대화는 계속 이어졌다.

"현실적으로 미국의 주가 독립을 할 가능성은 없죠."

"그렇지요."

과거보다 조직은 더 복잡해졌고 감시 시스템은 더 공고화

되었으며 미국은 세계 최대의 강대국이 되었다.

당장 독립을 하면 미국이라는 나라로서 얻는 어마어마한 수익을 포기하게 되는데 누가 독립을 하겠는가?

"그리고 그런 경우에 어떤 일이 벌어질까요? 한국에서는 그런 경우가 많은 걸로 알고 있는데요."

"미국도 별반 다르지 않다 이거군요."

"인간이란 대부분 비슷하지요."

찰박거리는 물소리.

하지만 그게 노형진의 음심을 자극하지는 못했다.

지금 닥쳐온 문제가 너무 심각했기 때문이다.

"조작이라니."

과거에 한국에서 벌어진 사건들, 쉽게 말해서 특정 조직이 힘이 빠지거나 그 효용성을 다하게 되면 그렇지 않다는 걸 증명하기 위해 가짜 사건을 조작하는 것이다.

과거에 국정원은 간첩 사건을 조작했고, 일본은 만주 대학살을 위해 사건을 조작했으며, 외국의 모 쇼 프로그램 제작자는 시청률을 위해 살인을 조작했다.

"미 독립성 유지국은 사실 첩보 조직으로서는 한계죠."

내부에 딱히 독립을 하려고 하는 곳은 없을 테니까.

필요가 없는 조직을 운영하려고 하는 곳은 없다.

'그러니까 내가 기억을 못 했구나.'

애초에 일어나지도 않았던 사건이니까.

회귀 전에 인디언 자치구는 가난했고 드림 로펌은 없었다.

당연하게도 독립성 유지국인지 뭔지 하는 조직이 여기를 건드릴 이유도 없었다.

"우리가 아는 건 거기까지예요. 수건 좀 주시겠어요?"

노형진은 커튼 사이로 수건을 주고는 한참을 생각에 빠졌다.

'역사가 너무 많이 뒤틀렸어.'

물론 그가 한 일 때문이다. 그러니 뭐라고 할 수가 없다.

"자세한 정보는 모릅니까?"

"모르지요. 하지만 그들이 뭔가를 하려고 했다고 봐야겠지요."

그리고 그게 결코 도덕적인 일은 아닐 것이다.

제보자는 그걸 드림에 주려고 했을 것이다.

제보해 봐야 중간에 막힐 게 뻔하니까.

드림 로펌은 인디언 자치구과 거래하는 로펌이고, 또한 과거 미 정부의 일부 조직과 싸워서 이긴 로펌이기도 하다.

그러니 제보하려 했을 테고…….

'그걸 알고 다급하게 암살.'

대충 상황이 이해가 갔다.

'그리고 엠버가 그 사실을 다 알기는 힘들지.'

상황을 보면 그녀는 자신을 쫓는 게 미 정부라는 것은 알고 있을 것이다.

하지만 이게 특정 조직인지 아니면 미 정부 전체의 의지인지 판단할 수 없었을 테니 감시를 피해서 도주할 수밖에 없었을 것이다.

'젠장, 일이 너무 커졌어.'

물론 노형진의 주특기가 일을 크게 키워서 감당할 수 없게 만드는 것이기는 하지만, 이건 반대로 노형진이 감당할 수 없는 수준이었다.

"그러면 이만 가야겠네요?"

그녀는 심각하게 고민 중인 노형진에게 다가와서 갑자기 볼에 뽀뽀를 했다.

"뭡니까?"

"자기 오늘 끝내줬어. 내일 또 봐."

"뭘 또 봅니까?"

"설마 하루 보고 '한눈에 반했다.' 같은 거짓말을 하려는 건 아니겠지요?"

노형진은 아차 싶었다.

만일 그녀의 말이 맞는다면 그에게도 감시하는 사람이 붙었다고 봐야 한다.

"자주 연락해요. 그래야 내 신분도 보증되니까."

"끄응."

"물론 원하면 언제든지."

살짝 윙크를 보낸 그녀는 요염한 모습으로 방에서 나갔다.

"그래서 뜬금없이 샤워를 한 거구먼."

물을 틀어 두면 누군가 도청하기 쉽지 않다.

더군다나 콜걸이라고 왔는데 씻지도 않고 나간다면 의심하기 딱 좋을 테니까.

"아니지, 이게 중요한 게 아니지."

중요한 것은 현재 상황이다.

독립성 유지국이라는 놈들이 규모가 얼마나 되는지 모르지만 중요한 건 그들이 노형진, 아니 인디언 자치구를 노리기 시작했다는 거다.

"어떻게든 해결해야 해."

노형진의 고민은 깊어지고 있었다.

⚖️

독립성 유지국이라는 조직은 미 정부에 공식적으로는 존재하지 않는다.

하지만 공식적으로 존재하지 않는 조직이 어디 한두 개인가?

당연히 일반인들은 모르고 인터넷에도 그들에 관한 자료는 전혀 없다.

물론 그렇다고 해서 그들에 대한 정보를 전혀 얻지 못하는 건 아니었다.

─네놈은 나한테 부탁을 할 때마다 목숨을 걸라고 하는군.

남상진은 무기를 거래하는 거래 상인이다. 그런 그가 그들에 대해 모르지는 않을 것이다.

"그래서 다급하게 연락한 거다."

─이걸 그들이 도청하고 있을 거라고는 생각 안 하나?

"그건 무리일걸."

노형진은 근처에 있는 대형 수영장으로 왔다.

그리고 탈의실에서 목에 핸드프리를 걸고 통화 중이었다.

아무리 뛰어난 전문가라고 해도 다 벗고 다니는 곳에서 도청을 할 수는 없다.

더군다나 이 핸드폰도 오다가 산 일회용 폰이다.

탈의실은 어마어마하게 크기 때문에 특수 장비를 가지고도 도청하지는 못한다.

"주변에 아무도 없어. 감시할 만한 사람은 없으니까 걱정하지 마."

─미친 새끼 같으니라고.

"그래서 안 할 거야? 간단히 몇 마디만 해 주면 되는 일인데."

─어쩌다 네놈과 엮여서는.

"더러우면 은퇴하든가."

남상진은 더 이상 말하지 않았다.

그의 반응에 노형진은 직감이 들었다. 가벼운 어조로 말을 툭 던졌다.

"진짜로 은퇴할 생각?"

─개소리하지 말고. 이번 정보는 싸지는 않다. 한 번만 말

할 거고 녹음도 안 된다.

"오케이."

─독립성 유지국은 오래된 조직이야.

간신히 열린 남상진의 입에서 흘러나온 말은 매우 놀라운 것이었다.

독립성 유지국은 남북전쟁이 벌어진 후에 만들어진 조직이었다.

조직된 계기가 남북전쟁이었던 만큼, 그들은 미 정부에 반해 독립할 만한 조직에 대해서는 살인, 납치 등 그 어떠한 방법을 동원해서라도 제압해 왔다.

─지금으로써는 의미가 없지.

하지만 그건 어디까지나 미 정부의 체계가 잡혀 있지 않을 때의 이야기였다. 지금은 그럴 가능성이 거의 없다.

─미국 정부는 적자 폭이 무척이나 크지.

"그건 그렇지."

─그래서 과거보다 더 비용 문제를 심각하게 따진다.

그 결과 많은 정보 조직들이 개별적으로 사업을 운영하면서 비밀리에 자금을 확보하려고 하고 있다.

그래서 CIA가 노형진에 대해 알면서도 은폐를 도와주는 거다. 그래야 자금을 확보할 수 있으니까.

─문제는, 독립성 유지국은 그 정도로 규모 있는 조직이 아니라는 거야.

남상진이 아는 인원은 대략 4천 명 정도.

물론 그것도 드러난 규모일 뿐 진짜 그 안에서도 비밀리에 움직이는 자들은 남상진도 알 수가 없다.

"돈은 먹지만 이제 필요는 없는 조직이라는 거군."

─그래.

더군다나 업무 자체가 필연적으로 불법적일 수밖에 없는 조직이다.

─내가 아는 건 그 정도다.

"주소 같은 거 모르냐?"

─그런 게 있으면 비밀 조직이겠냐?

하긴 그건 그렇다. 결국 남상진이 아는 정보에도 한계가 있다는 거다.

물론 러시아 쪽에 물어보면 더 알지도 모른다.

하지만 그들이 또 뭘 요구를 할지 모를 일이다.

'결혼이라도 하겠다고 덤빌지도 모르지.'

"마지막으로 하나만 더 묻자. 그들이 무장한다면 어느 정도까지 할 수 있지?"

─핵을 제외한 모든 것. 아니, 핵도 가지고 있을지도 모르겠군. 소련 해체 당시에 사라진 핵이 한두 개가 아니니까.

노형진은 긴 한숨을 내쉬었다.

"알았다."

─경고하는데 이쯤에서 손을 떼는 게 좋을 거다. 안 그러

면 어느 순간 쥐도 새도…….

노형진은 이어지는 말을 듣지 않고 그냥 전화를 끊었다.

어차피 들어 봐야 그만둘 생각은 없으니까.

"적이 누구인지는 알겠고. 그러면 이제는 엠버부터 찾아야겠군."

노형진은 엠버가 어디로 갔을지 계속 머리를 굴렸다.

"정부에서 찾을 수 없는 곳, 하지만 우리가 알고 있는 곳에 갔을 겁니다."

"그런 곳이 있겠습니까? 이미 안전 가옥이 모두 다 드러난 것 같은데요. 그리고 안전 가옥에 왔다면 이미 우리가 알았어야 합니다."

모든 안전 가옥에는 동작 감지기가 설치되어 있다.

당연히 그곳에 누군가 들어왔다면 드림 측에 신호가 왔어야 한다.

"그걸 엠버도 알 겁니다. 그러니까 안전 가옥으로 가지는 않았겠지요."

"하지만 그러면 어디로요? 당장 총에 맞은 건 확실합니다."

숨겨진 복도에 그녀의 피가 있었다.

그리고 감춰 둔 차가 그녀와 함께 사라졌다.

"일단 주 경계를 넘었다고 봐야겠지요. 병원은 가지 않았을 테고요."

병원에 갔다면 이미 알았어야 한다.

그런데 병원에 간 기록은 없다.

미국의 어마어마한 병원비의 특성상 보험 처리하지 않으면 현금으로 지불해야 하는데, 그 정도 돈을 가지고 다니는 사람은 없으니까.

"그 독립성 유지국이라는 작자들이 세력이 강하지는 않다지만 그들이 전부는 아닐 겁니다."

"그건 알고 있습니다."

비밀을 공유하지 않는 이들이기는 하지만 다른 조직에서 진짜로 위험 분자라고 판단해서 알려 주는 경우 조직들은 그를 잡기 위해 최대한 도움을 준다.

"인력은 주지 않는다고 해도 카드 내역 같은 건 모조리 조회할 겁니다."

"압니다. 그러니까 엠버도 그런 게 필요 없는 곳으로 가려고 했겠지요."

다행히 차량의 트렁크에 만일의 사태에 대비해서 어느 정도의 돈이 들어 있다.

물론 그렇다고 해도 절대 병원에는 가지 않을 것이다.

한국과 마찬가지로 미국은 총기로 인한 상해는 무조건 신고하도록 되어 있기 때문이다.

"결국 남은 건 그녀만 아는 곳이라는 건데."

데릭은 침음성을 흘리며 말했다.

그렇다면 자신들 입장에서는 찾을 수가 없기 때문이다.

"아니요. 그건 아닐 겁니다."

노형진은 엠버에 대해 잘 안다.

단순히 이번 생에서만이 아니다.

지난 생에서 그녀는 노형진의 업무상 파트너였기에 누구보다 그녀를 잘 안다.

아마 비극적인 사태만 없었다면 그녀는 미국의 대법원장까지 갔을지도 모르는 사람이니까.

'우리가 준비한 곳에는 가지 않을 거야.'

그렇다고 그가 아는 곳으로 가지도 않았을 것이다.

정부를 상대하고 있다는 걸 감지한 순간 그녀는 누구도 생각하지 못한 곳으로 갔을 것이다.

"하지만 그게 어디인지 모르지 않습니까?"

"그게 문제이기는 하지요."

어디로 갔는지 알 수가 없다는 것, 그게 문제다.

"하늘로 사라지든가 아니면 땅으로 꺼졌다면 모를까, 미 정부의 시선에서 벗어나는 건 쉬운 게 아닙니다."

노형진은 그 순간 정신이 번쩍 들었다.

"방금 뭐라고 했지요?"

"네? 미 정부의 시선에서 벗어나는 게 쉽지 않다고 했는데요."

"아니, 그거 말고 말입니다."

"하늘로 날아가든가…… 땅으로 꺼지든가……."

노형진은 그녀가 어디로 갔는지 알 것 같았다.

"설마 해외로 떴다고 생각하십니까? 하지만 그게 가능할까요? 신분증도 없는데요. 거기에다 총에 맞아서 피를 흘리는 사람을 비행기에 태워 줄 리 없는데요."

데릭의 말에 노형진은 고개를 흔들었다.

"물론 하늘로 가려고 한다면 그러겠지요. 하지만 땅으로 꺼진다면 어떨까요?"

"땅요? 그건 확실히 피할 수야 있겠지요. 어디 땅속에 숨어 있다면야……. 하지만 그러면 도움을 받을 방법이 없을텐데요."

데릭의 말에 노형진은 고개를 흔들었다.

"아니요. 그녀는 똑똑합니다. 우리가 도와줄 수 있는 데로 갈 겁니다."

"그런 데가 어디 있습니까?"

"우리가 아는 땅속이 하나 있거든요."

노형진은 자리에서 벌떡 일어났다.

"바로 움직입시다. 지금도 그녀가 기다리고 있을지도 모릅니다."

노형진은 마음이 무척이나 급했다.

"잘 찾아오셨네요."

엠버는 노형진을 보고 힘들게 웃었다.

"괜찮습니까?"

"지혈은 되었어요. 아직 총알이 박혀 있긴 하지만……."

그렇게 말하는 엠버의 배에는 붕대가 둘려 있었다.

노형진은 그녀가 있는 공간을 보고 혀를 내둘렀다.

'이곳이라면 정부도 모를 수밖에 없지.'

과거에 미 정부의 항모 설계도를 탈취했던 사건.

그걸 빼돌린 사람이 숨어 있던 공간.

바로 이곳에서 노형진이 그를 찾았다.

당연히 미 정부는 이곳을 모르고, 노형진도 그를 꺼낸 후로 이곳에 대해 전혀 신경 쓰지 않았다.

"다행히 이곳은 그대로네요."

"네, 건드릴 이유가 없었으니까요."

그곳에는 그가 숨겨 둔 비상식량과 여러 가지 의료 물자들이 있었기에, 위생은 어찌 되었건 임시로라도 치료를 하고 몸을 숨기기에는 제격이었다.

"저와 함께 왔으니까 여기에 계실 거라 생각했습니다."

더러운 매트리스 위에서 그녀는 힘겹게 웃었다.

"외부 상황은 어떤가요?"

"공식적으로는 FBI가 수사 중입니다."

"그들이 저를 잡으려고 하지는 않을까요?"

"이번 사건을 저지른 곳은 독립성 유지국이라는 비밀 조직입니다. 그들이 FBI에 거짓말을 했다면 아마 잡으려고 하겠지요."

"으음……."

노형진은 엠버에게 자신이 알아낸 정보를 이야기했다.

그의 이야기를 들으면서 엠버는 심각한 표정이 되었다.

"일단 상황은 그렇습니다. 그나저나 의뢰인이 죽어서……."

엠버는 누워 있던 베개 속에서 USB를 꺼내 건넸다.

"이건?"

"그가 건네준 겁니다. 조직의 이름은 나와 있지 않지만 그곳에서 실행할 작전에 대해 정리된 파일이 저장되어 있더군요. 그래서 제가 다급하게 도망친 거고요."

"바로 본사로 오시지 그랬어요."

"이미 따라온 사람이 있었습니다."

이걸 가지고 온 사람은 그렇게 빨리 걸릴 거라고 생각하지는 못한 모양이었다.

"잠깐 확인해 보겠습니다."

노형진은 USB를 노트북에 꽂고 저장된 문서 파일을 읽기 시작했다.

그는 그걸 보면서 저절로 눈을 찌푸렸다.

"미쳤군요."

"네, 제대로 미쳤지요. 하지만 문제는 그게 가능하다는 겁니다. 미스터 노는 알겠지만 젊은 인디언 청년들 사이에 과격파가 있는 것은 사실이니까요."

내용 자체는 간단했다.

젊은 인디언 청년들을 자극해서 독립을 주장하게 하고 그들에게 무기를 공급한다.

그리고 그들이 그걸 감추고 무장했을 때쯤, 독립성 유지국에서 나서서 그들을 일망타진한다.

"무기를 공급한 업자는 찾을 수가 없을 테지만 무기는 발견되었으니, 그들이 반란을 획책했다는 것은 확실한 일이 될 테고."

당연히 그 과정에서 군대와의 전투가 예정되어 있다.

양쪽 다 제대로 무장했으니 사망자가 못해도 백 단위 이상은 나올 테고 최악의 경우 천 단위가 나올 수도 있다.

확실히 독립성 유지국의 존재 가치는 올라갈 것이다.

"그런데 이걸 계획하는 걸 도와준 게 미국 보험회사들이라고요?"

"네, 그래서 문제인 거예요."

교전 장소는 다름 아닌 인디언 자치구 내에 있는 병원.

그곳에서 교전이 벌어지면 환자들 중에 사망자가 나올 것이다.

당연히 병원에도 문제가 생길 테고.

"이런 미친 새끼들이!"

단순히 그들의 존재 가치를 증명하기 위한 게 아니었다.

현재 미국의 보험회사들은 인디언 자치구의 병원 때문에 심각한 피해를 입고 있었다.

그래서 그 피해를 막기 위해 독립성 유지국과 협작질을 한 것이다.

"내부에 들어가 있는 스파이가 비상시에 환자들을 인질로 잡고 독립을 요구하는 것까지 설계해 놨군요."

만일 핀치에 몰리면 그들은 그럴 수밖에 없을 것이다.

안 그래도 거기서 싸움이 나면 병원에 타격이 큰데, 그런 일이 벌어지면 누구도 그곳에 가려고 하지 않을 것이다.

돈 때문이 아니라 재수 없으면 전쟁에 휘말리고 인질이 되어 버릴 테니까.

"양쪽의 이득이 확실하게 부합되는군요."

보험회사는 돈을 벌고, 독립성 유지국은 존재 증명과 더불어 운영 자금을 벌 수 있는 방법이었다.

"하지만 왜……?"

엠버는 이해가 안 간다는 듯 말했다.

물론 조직이 사라지면 그곳에 속한 사람들에게는 큰 부담이 된다.

하지만 그들은 그냥 직장인이 아니다.

한 명당 키우는 데 억 단위의 돈이 들어간다는 전문 특수 요원들이다.

"어차피 다른 조직으로 가게 될 텐데 왜 이렇게까지 하는 거지요?"

노형진은 긴 한숨을 내쉬었다.

"아래에서 일하는 요원들은 그렇지요."

"네?"

"아래에서 일하는 요원들에게는 문제가 없습니다. 문제가 생기는 건 위쪽입니다."

정보 조직이라는 것은 모든 것이 기밀이다.

당연하게도 그 돈이 어디에 쓰이는지조차도 기밀이다.

하물며 한국의 국방부도 수십조를 침대 산다고 써 놓고, 자세한 내역을 제공하라고 하면 기밀이라면서 배 째라는 태도로 나오는 판국이다.

세상에서 가장 비싼 침대를 산다고 해도 1조가 안 나오는데 말이다.

"그러한 조직은 어떻게 하겠습니까?"

"아……."

미국이라고 해서 다 깨끗하고 정의로운 게 아니다.

그랬으면 미국에 변호사라는 직업이 존재하지 않았어야 한다.

"그들이 돈을 빼돌렸을 가능성이 크군요."

"돈만 빼돌렸다면 문제가 안 되죠."

만일 정보를 빼돌렸다면 이건 반역 문제까지 가게 된다.

"조직이 존재한다면 그 조직이 계속되기 위해 기밀로 밀어붙일 수 있습니다."

하지만 조직이 사라지는 순간 마냥 기밀로 감출 수가 없게 된다.

당연히 그런 자료, 특히 돈에 관련된 자료들은 넘기기 전에 거의 의무적으로 감사하게 된다.

"그 과정에서 문제가 생기면 일이 커지는 거지요. 아마 단순히 돈 문제만은 아닐 겁니다."

"정보를 넘겼다고 생각하시는군요."

"그렇지 않다면 이렇게까지 할 리 없지요."

돈이라고 해도 결국은 어느 정도 쉬쉬하면서 넘어간다.

사정을 모르는 것도 아니고, 그들이 가진 비밀의 가치는 어마어마하니까.

"하지만 정보라면요?"

정보라면 이야기가 달라진다.

당연하게도 그들은 반역으로 처벌받을 수밖에 없는데, 그들의 신분상 일반적으로 들어가는 감옥이 아니라 극비리에 운영되는 감옥으로 들어간다.

대표적인 예가 바로 관타나모다.

공식적으로 군 기지이지만 그곳에 감옥이 있다는 건 다들 안다.

"그리고 그런 곳은 들어가면 못 나오죠."

정부에서 어지간하면 눈을 감아 준다.

중요한 정보를 쥔 사람이고 그들이 충성을 다했으니까.

하지만 그들이 충성을 하지 않았다면?

그때는 그들은 그저 위험한 비밀을 가진 위험 분자일 뿐이다.

"으윽."

엠버는 일어나려고 하다가 힘겹게 배를 부여잡았다.

"누워 계십시오. 당분간은 나가기 힘들 테니까요."

"다른 사람들이 있나요?"

"없습니다. 물론 위성으로 쫓아온다면 모르겠지만."

아무리 노형진이 대단하다고 해도 위성으로 하는 감시까지 막을 수는 없으니까.

"그리고 위성으로 따라오지는 못했을 겁니다."

나올 때 지하 주차장에서 수십 대의 차가 한꺼번에 출발했다.

그러니 노형진이 그중 어느 차에 탔을지 그들이 알 수는 없다.

"다른 쪽 출구에 개조된 캠핑카를 불러 놨습니다. 거기서 의사에게 진료받으시면 됩니다."

"하아."

엠버는 안도의 한숨을 내쉬었다.

그녀가 아무리 지혈을 했다고 해도 배 안에다가 총알을 두고 있는 게 좋은 기분은 아니었으니까.

"그러면 이제 어쩌죠? 이걸 미 정부에 가져다줘야 하나요?"

"그건 힘들 것 같네요. 서류 자체가 공식 문건이 아니라서요."

그냥 워드로 작성한 파일일 뿐이다.

그 안에 작전 전반에 대해 다 나와 있지만 그렇다고 해서 이게 모든 계획인 것은 아니다.

더군다나 이런 워드로 작성한 글 같은 건 원하면 누구든 언제든지 만들어 낼 수 있다.

"이런 식으로 만들어 낸 파일만으로는 제보한다고 해도 그들의 반역을 뒤집기는 힘들 겁니다."

노형진은 우려 섞인 표정으로 말했다.

물론 모든 업무는 다 컴퓨터로 하는 시기이니 그 자체가 강력한 증거가 될 것은 맞다.

하지만 이 서류는 연방의 툴을 지키지 않았다.

서식이나 자료가 있는 것도 아니고 쭈욱 나열되어 있을 뿐이다.

'물론 파일 자체에 그 컴퓨터에 대한 정보가 기록되기는 하지만…….'

그래서 이 문서를 작성한 컴퓨터가 어떤 건지 어디서 만든 건지 추적은 가능하다.

하지만 그뿐이다.

'이걸 제작한 사람도 바보는 아닐 테니까.'

공식적인 컴퓨터에서 이걸 **빼냈다면** 당연히 기록이 남을 수밖에 없다.

기본적으로 정보 집단의 모든 컴퓨터에는 감시 프로그램이 깔려 있으니까.

그러니 이런 걸 제작하기 위해서는 감시 프로그램이 없는 개인용 컴퓨터가 필요하다.

그리고 그 증거가 대충 워드로 작성되었다는 것도 문제다.

척 봐도 그 사건의 내용을 최대한 기억해 내려고 노력하며 기억 속의 내용을 워드로 옮겨 적은 느낌이 강하다.

그냥 바로 출력하면 편하겠지만 당연히 그 기록도 감시되고 있을 테고, 사무실은 CCTV가 감시하고 있을 테니까.

'더군다나 방식도 문제야.'

무슨 관련 숫자나 증거도 아니고 나열식으로 되어 있는 형태의 이야기들이다.

그 말은 이 사람이 그걸 보고 똑같이 베껴 온 게 아니라는 소리다.

'아마도 그걸 보고 외워서 옮기는 형태를 취했겠지.'

그래야 걸리지 않으니까.

물론 파일을 옮기면 확실하고 간단하게 처리할 수 있겠지만, 그러면 바로 조직에서 알아차릴 테니 위험하다.

'걸린 것도 아마 그래서겠지.'

독립성 유지국에서는 피해자가 해당 파일을 열람한 기록

을 보고 의심했을 것이다.

실제로 독립성 유지국이 피해자를 의심하고 추적하게 된 이유가 그가 생각보다 파일을 오래 봤기 때문이다.

피해자는 열람하는 걸 확인한다는 건 알고 있었지만 설마 열람하는 시간까지 관리하는 줄은 몰랐던 것이다.

"이건 가지고 간다고 해도 사실 의미가 없습니다."

노형진은 고개를 흔들었다.

가지고 간다고 해도 증거로 쓰기에는 파일의 형태가 너무나 흔하고 무난하다.

기록이 남은 것도 아니고 말이다.

"그러면 개죽음을 한 건가요?"

일반적으로 요원은 무조건 충성만을 배운다.

사실상 세뇌를 당하기 때문에 이런 정보를 흘리는 것은 힘든 일이다.

그럼에도 불구하고 그가 이런 자료를 흘렸다는 것은 생각보다 더 큰 일이라는 소리다.

"일단 엠버 씨는 안전한 곳에서 숨어 지내시는 걸 추천해 드립니다. 독립성 유지국이 있는 동안에는 엠버 씨가 다니기에는 너무 위험합니다."

"하지만 이 문제를 어떻게 해결하시려고요? 지금 독립성 유지국은 드림 로펌을 노리고 있을 텐데요."

노형진은 머리를 긁적거렸다.

사실 다급한 건 엠버를 찾고 그녀의 안전을 확보하는 것이었다.

이제 그녀를 찾았으니 남은 건 천천히 해도 된다.

"일단은 말이지요, 그들이 원하는 대로 해 줄 생각입니다."

"그게 무슨 말입니까?"

"그들이 국가에서 반역이 일어나기를 원하니까……."

노형진은 어깨를 으쓱했다.

"반역을 일으키려고요."

그 말에 노형진이 진짜로 반역을 일으킬까 봐 두려워진 엠버의 얼굴에서 핏기가 싹 사라졌다.

⚖️

"반역요?"

"네."

데릭은 노형진의 대담한 계획에 침을 꿀꺽 삼켰다.

"아니, 진짜로 반역을 일으킨단 말입니까?"

"진짜로는 아니고요. 아무리 인디언이라고 해도 그건 불가능하지요. 미국이 달리 미국입니까?"

전 세계와 싸워도 이길 수 있다고 자부하는 미국이다.

인디언들이 독립을 위해 싸운다고 해도 이길 수 있을 리 없다.

"더군다나 인디언 자치구는 미국 환자의 돈으로 움직이고 있습니다. 독립하면 망할 걸 아는데 누가 독립합니까?"

"그런데 반역은 어떻게요?"

"반역이라는 게, 말로만 하는 건 의미가 없지요."

반역이 되려면 일단 충분한 인력이 있어야 하고 그만한 이유가 성립되어야 한다.

"그리고 독립성 유지국이 인디언을 반역 대상으로 조작하려고 한 건 그게 있기 때문입니다."

인디언의 숫자가 적은 것도 아니고, 인디언들이 미 정부와 친한 것도 아니다.

오히려 젊은 인디언들은 미국 정부에 대해 아주 강한 반감을 가지고 있다.

자신들의 인생을 망친 게 그들이라는 걸 알기 때문이다.

"그런데요?"

"사실 이유와 인원이 인디언에게 있는 것은 사실입니다. 그런데 지금까지 인디언들이 진짜로 반역 집단으로 변하거나 반역 집단 취급을 받지 않았던 이유가 뭘까요?"

"어…… 글쎄요?"

더군다나 인디언 자치구는 넓고 미 정부의 감시에서도 벗어난 지역이다.

그러니 그들이 그곳에서 뭔가를 하려고 해도 미 정부에서는 모를 가능성이 크다.

하지만 지금까지 미 정부는 단 한 번도 인디언들의 반역이니 독립이니 하는 것에 대해 신경 쓰지 않았다.

"바로 무력입니다."

"무력요?"

"그렇습니다. 현대는 21세기입니다. 말로 독립하자고 해서 되는 게 아닙니다. 독립 전쟁은 다른 말로는 내전이지요."

거기서 이기면 독립 전쟁이 되는 거고 지면 내전이 되는 거다.

"미국은 영국에서 독립했지요. 만일 졌다면 어떻게 되었을까요?"

"음…… 영국의 일부가 되었겠지요."

그리고 역사에는 독립 기념일이 아닌 반역자 퇴치의 날로 기록되었을 것이다.

"더군다나 지금은 과거처럼 무기랍시고 칼 한 자루 차고 반역할 수 없습니다. 군사력이라는 게 다르니까요."

과거에는 칼과 같은 냉병기 위주의 전쟁이었다.

당연하게도 일선에서도 그것과 비슷한 물건을 구하는 게 어렵지 않았다.

막말로 대나무만 날카롭게 잘라도 죽창이라는 물건이 되니까.

"하지만 현대는 아니지요."

아무리 총기 자유국이라고 하지만 그건 개인화기에 관한

부분만 그렇지, 대전차무기나 지대공미사일 같은 건 꿈도 못 꾼다.

대함 무기 같은 건 아예 운영할 방법 자체도 없고 말이다.

"이 제보 서류에 따르면 그에 대응해서 독립성 유지국은 무기를 확보했다고 되어 있습니다."

무기가 없다면 그냥 미친놈들 집단이지만 무기가 있다면 그때부터는 진짜 반역 집단이 된다.

"설마 독립성 유지국이 소총 몇 개 가져다 두고 '이 새끼들 반역 집단입니다.'라고 하겠습니까?"

그건 갱단은 될지언정 반역 집단은 못 된다.

"설마?"

"반역 집단으로 구성되기 위해서는 위험한 무기들이 있어야겠지요. 지대공미사일, 대전차미사일, 그리고 C-4 같은 것들요."

"……."

데릭은 정신이 번쩍 들었다.

집을 태우는 데 들어간, 출처를 알 수 없는 백린이 생각이 난 것이다.

"이 계획서에도 그렇게 되어 있습니다, 반역 집단으로 몰기 위해 무기를 공급한다고. 그렇다면 그걸 마트에서 사지는 않겠지요."

그 말은, 독립성 유지국은 어딘가에 그 무기들을 감추어 두고 있다는 소리다.

"전 그곳을 털 겁니다."

꿀꺽!

데릭은 자신도 모르게 침을 삼켰다.

아주 위험한 발언이니까.

"진심이십니까?"

"진심입니다. 만일 여기서 우리가 가만히 있으면 이 작전 대로 진행될 가능성이 높습니다."

"하지만 그때 가서 이걸 내놓으면……."

"그 과정에서 죽는 사람들은요? 그리고 이번 작전의 배후 에는 보험회사들이 있습니다."

"아……."

아무리 이 서류를 그때 가서 내놓는다고 해도 인디언 자치 구 병원들은 심각한 타격을 입을 수밖에 없다.

"그리고 이런 식의 워드 파일은 증거로서 효력이 약합니 다. 조작하기 너무 쉽거든요."

그러니 그다지 효과도 없다.

"그러면 어떻게 해야 하나요? 당장 할 수 있는 일이 없는 건가요?"

"아까 말씀드렸다시피 그들은 무기를 어딘가에 감춰 놨을 겁니다. 이 정도 사건을 조작하기 위해서는 감춰 둔 무기가 절대 적지 않을 테고요. 그걸 훔칠 겁니다."

"하지만 여기에는 그게 어디에 있는지 전혀 기록되어 있지 않은데요?"

애석하게도 이걸 준 사람은 그 장소에 대해서는 알지 못했다.

설사 알았다고 해도 자료가 샌 시점에서 다른 곳으로 옮겼을 가능성이 높다.

"그러니까 그들이 원하는 대로 해 주려고 합니다."

"반역 말인가요?"

노형진은 고개를 끄덕거렸다.

"하지만 그게 어디에 있는지 어떻게 알아내시려고요?"

"글쎄요. 뭐, 물어보면 알지 않겠습니까?"

노형진은 씩 웃으며 말했다.

⚖️

인디언 자치구. 노형진은 그 안을 달려가고 있었다.

곧 무전기에서 연락이 들어왔다.

ー정체를 알 수 없는 두 대의 차량이 추적 중입니다.

안 봐도 뻔하다.

자신을 따라오는 독립성 유지국의 차량이다.

"이거 위험한 거 아닌가 싶네요."

"위험하지 않습니다. 애초에 독립성 유지국은 인디언들이 반역을 일으킬 생각이 없다는 걸 알고 있어요."

그러니 그들은 인디언들이 공격을 할 거라고는 꿈에도 생각하지 못할 것이다.

"그들의 모든 계획의 전반은 인디언들을 선동하는 겁니다. 진짜 반역을 일으켜서 공격하는 게 아니라요. 그러니 지금으로써는 그들은 방심할 수밖에 없지요."

"자신들을 우리가 보고 있다는 걸 모른다는 말씀이십니까?"

"아니요. 알기는 할 겁니다."

분명 안다. 그들이 바보도 아니고 감시 전문가들이다.

이쪽에서 그들을 감시하는 것을 모른다고 보기는 힘들다.

"하지만 우리가 그들을 공격하지 않을 거라고 확신하고 있을 겁니다. 반역하지 않을 걸 아니까요."

그러니까 이런 사막에서 따라오는 것이다.

이런 사막은 숨을 공간이 없기 때문에 미행이 걸릴 수밖에 없다.

그런데 따라왔다. 그 말은 걸려도 그만이라는 거다.

"우리는 그들을 공격할 거고요."

노형진이 말한 반역이 바로 그거다.

정부 차량을 공격하는 것. 그건 반역이나 마찬가지다.

"계획대로 된다면 모르지만……. 하아, 모르겠습니다."

데릭은 겁이 났지만 도망갈 생각은 하지 않았다.

어차피 도망가 봐야 바뀌는 건 없으니까.

"슬슬 공격하지요."

노형진은 힐끔 시계를 보았다.

"걱정하지 마세요. 공격이라고 해서 그들에게 설마 대전차미사일이라도 날리겠습니까?"

노형진은 웃으며 씩 웃었다. 그리고 주머니에서 버튼을 꺼내서 꾹 눌렀다.

그건 다름 아닌 땅속에 숨겨 둔 못이 튀어나오도록 하는 버튼이었다. 당연하게도 따라오던 차량은 사막의 먼지와 지형에 잘 감춰진 그 못을 보지 못하고 밟을 수밖에 없었다.

─해당 차량들이 멈췄습니다.

무전기의 보고에 노형진은 고개를 돌렸다.

"돌아가지요. 가서 그들을 만나 봐야겠습니다."

차는 다시 돌아가기 시작했고 현장에 도착했을 때 완전히 포위된 사람들을 볼 수 있었다.

"이거 뭐 하는 짓입니까? 우리는 여행객입니다."

시커먼 양복을 입고 여행객 운운하는 그들을 보고 노형진은 머리를 흔들었다.

"이거 완전 데자뷔 같은데요?"

"네?"

"아니요. 그런 일이 있습니다. 전에 비슷한 일이 있었는데 그때도 똑같은 소리를 했거든요."

노형진은 그렇게 말하면서 그들에게 다가갔다.

이미 이 주변은 재밍이 이루어지고 있기 때문에 그들이 본

부와 소통을 할 수 있는 방법은 없었다.

"이놈들을 어떻게 할까요?"

경비 회사인 토마호크의 사람들은 총으로 그들을 겨냥한 채로 차갑게 말했다. 이미 사정을 들었기 때문이다.

당연하게도 그런 일이 벌어지면 가장 먼저 죽는 건 자신들이다. 일단 경호 책임을 지고 있는 데다가, 인디언이고 무장했다는 것 자체만으로도 전투가 벌어지면 사살 대상일 테니까.

이들이 아무리 나름 충실한 무장을 가지고 있다고 해도 군대를 대상으로는 싸울 수가 없다.

"일단은 홀딱 벗기죠."

"홀딱요?"

"네, 감지기라도 하나 있으면 곤란하니까."

"그리고요?"

"적당한 곳에 가두어 두는 겁니다."

"적당한 곳이라고 하면?"

"아주 넓고 지하에 있으며 사람들이 모르는 곳이죠, 후후후."

노형진의 웃음에 요원들은 사막 한가운데에서 등골이 서늘해지는 것을 느낄 수 있었다.

⚖️

"확실히 여기는 잘 모르겠네요."

노형진이 그들을 가두어 둔 곳은 다름 아닌 예전에 가장 먼저 지하 보물을 찾았던 곳이다.

　물론 이제는 빈 공간이지만 그래도 튼튼하고 안전하다.

　"뭐라고 하던가요?"

　"아직도 자기들은 관광객이라고 합니다. 그런데 진짜 관광객 아닌 거 맞지요?"

　데릭은 걱정스럽게 말했다.

　만에 하나 진짜 관광객이라면 문제가 생기니까.

　"아닙니다. 어떤 관광객이 저러고 다닙니까?"

　"그건 그렇지만요."

　복장만의 문제가 아니다.

　이미 노형진은 그들의 기억을 읽었다.

　당연히 그들이 관광객이 아니라는 충분한 확신이 있었다.

　"그들이 진짜 관광객이 아니라고 해도, 그 무기를 감춰 둔 곳을 찾기는 힘들 것 같은데요. 말해 줄 것 같지도 않고. 사실 일선 요원들에게 그 무기가 어디에 있는지 상부에서 말해 줄 리도 없고 말입니다."

　"압니다. 사실 어떻게 보면 이런 행동이 그들을 자극할 수도 있겠지요."

　"그걸 알면서 잡으신 겁니까? 설마……."

　죽일 각오라도 한 걸까? 거기까지 생각이 미치자 데릭은 소름이 돋았다.

"아니요. 그럴 생각은 없습니다. 제가 미치지 않고서야 미 정부의 요원을 죽이지는 않지요."

"그러면요?"

"말씀드렸잖습니까? 그들이 원하는 대로 반역을 일으킬 거라고요."

노형진은 차분하게 말했다.

"말하는 대로 이루어지게 만들어 줄 겁니다, 후후후."

─우리는 반미국 동맹 알 시라즈다. 우리는 미 정부에 독립을 요구한다. 우리는 이번 달 말까지 캘리포니아의 독립을 요구하며, 해당 지역을 이슬람 구역으로 선포할 것을 요구한다. 해당 사항이 관철될 때까지 우리는 미 정부 요원에 대한 암살을 할 것이다. 그리고 그 첫 번째 목표는 미국 독립성 유지국의 요원들이 될 것이다. 이번 달 말까지 독립을 인정하고 해당 지역의 미 제국주의자들을 철수시키지 않을 경우 우리는 이들을 참수하겠다.

미 정부로 날아온 비디오.

그걸 본 FBI 국장은 머리가 지끈거렸다.

"저 새끼들 뭐야? 알 시라즈? 진짜 있는 단체였어?"

"그게 말입니다, 저희로서도……."

"이 새끼야! 일을 어떻게 처리하는 거야?"

FBI는 사건을 진행할수록 이번 일이 다른 조직에 의한 사건이라는 확신을 가질 수밖에 없었다.

그리고 그런 사건을 계속 팔 수는 없었다.

그래서 가상의 존재인 알 시라즈를 만들고 그들에게 죄를 뒤집어씌웠다.

"그런데 진짜로 알 시라즈가 튀어나와?"

존재하지도 않던 조직이 갑자기 튀어나왔다.

어떤 정보 조직이든 그렇지만, 그들은 변수를 끔찍하게도 싫어한다.

그런데 그 변수가 튀어나와 버렸다.

"더군다나 잡힌 새끼들은 뭔데? 독립성 유지국? 그쪽 애들 맞아?"

"그쪽은 확답을 안 해 주고 있습니다만……."

"맞네, 이 씹째끼들. 도대체 무슨 일을 저지르고 다니는 거야?"

이 사건이 독립성 유지국에서 벌인 일이라는 걸 국장은 몰랐지만 그들이 뭔가 하고 있다는 것은 알아차렸다.

"씨발! 도대체 무슨 일이 벌어지고 있는 거야? 도대체 어떤 조직에서 일을 이따위로 처리하는 거야? 진짜 독립성 유지국 이 새끼들이야?"

"그에 대해서는 그들이 아무런 말도……."

"뻔한 소리 좀 하지 마. 그런 거 인정하는 조직이 어디 있어!"

국장의 말에 부하는 입을 다물었다.

맞는 말이다. 정보 조직의 가장 기본은 그거다.

긍정도 부정도 하지 않는다.

그런 만큼 그걸 인정할 리 없다.

"아무래도 독립성 유지국 그 새끼들을 좀 털어야겠어."

"네? 하지만 국장님, 그건 너무 위험한 거 아닙니까?"

"위험한 게 어디 한두 번이야? 그 새끼들이 뭔 짓을 하는지 알아야 우리도 대처할 거 아니야!"

애초에 알 시라즈라는 단체에 대해 말해 준 것도 그리고 그들이 범인이라고 알려 준 것도, 아니 주장한 것도 독립성 유지국이다.

FBI는 그들이 뭔가를 감춘다고 느꼈지만 협조 차원에서 그걸 발표한 것뿐이다.

그런데 진짜로 놈들이 나타나서 요원들을 데리고 협박하고 있다.

그것도 독립이라는 말도 안 되는 개소리를 하면서 말이다.

"이거 방송국에는 안 갔지?"

"다행히 우리한테만 왔습니다."

"끙. 당장 그쪽 국장한테 연락해서 만나 보자고 해. 지금 상황이 뭔지 좀 알아야겠어."

국장이 어떻게 해서든 이 문제를 해결하기 위해 나서려는

찰나에 부하 한 명이 다급하게 들어왔다.

"큰일 났습니다, 국장님!"

"또 뭐가 큰일인데?"

"그게, 드림 로펌으로 비디오가 왔답니다."

"뭐?"

국장은 당황했다.

"그게 무슨 소리야? 거기에 비디오가 왜 가?"

"그쪽 말로는, 알 시라즈라는 작자들이 사라진 직원인 엠버에 관련된 비디오를 보내면서 미화로 1억 달러를 미리 준비해서 주지 않는 경우 참수하겠다고 했답니다."

"이런 미친!"

국장은 저절로 욕이 튀어나왔다.

"거기에도 보냈다고? 알 시라즈라는 놈들이 진짜로 존재한다는 거야? 이 새끼들아! 지금 일을 어떻게 하는 거야!"

독립성 유지국에서 알 시라즈 관련 자료를 줬을 때 그들은 직감적으로 이게 가짜라고 느꼈다.

그들도 모르는 단체가 갑자기 이런 정규전 능력까지 갖추고 나타날 수는 없으니까.

그래서 독립성 유지국을 캐려고 했던 거고.

그런데 진짜 그들이 나타났다.

그 말이 의미하는 건 한 가지뿐이다.

독립성 유지국도 아는 걸, 몇백 배나 크고 몇백 배나 예산을 많이 가지고 있는 FBI가 모르고 있었다는 것이다.

그건 자존심이 상하는 일임과 동시에 FBI의 정보 조직에 무슨 문제가 생겼다는 걸 의미한다.

그걸 인정할 수 없는 국장은 짜증을 부렸다.

"독립성 유지국 이 개새끼들은 이런 정보가 있으면 미리미리 말해 줘야 할 거 아니야!"

서로 비밀을 공유하지 않는 걸 알면서도 그는 짜증을 부렸지만, 이제 와서 뭘 어찌할 수는 없었다.

"젠장, 그 비디오 가지고 오라고 해. 당장 분석하라고 하고."

"그게, 저쪽에서 이 상황에 대해 알아야겠답니다, 독립성 유지국 국장을 한번 만나 봐야겠다고. 그러지 않으면 영상 못 준답니다."

"뭐? 큭!"

국장은 이를 악물었다.

사실 독립성 유지국은 완전 극비 조직이다.

이름 자체가 외부에 나가서는 안 되는 조직이다.

"안 된다고 해."

"만일 거절하면 그곳에 대해 언론에 까겠답니다."

"언론에?"

"네, 독립성 유지국이라는 곳에 대해 정식으로 공개하고 정부에 질의하겠답니다."

"이런 미친……."

이건 심각한 문제다.

그럴 수밖에 없는 게, 그게 까발려지면 공식적으로 존재하지 않는 스파이 조직이 드러나기 때문이다.

물론 그들의 이름이 드러나는 거야 큰 문제가 안 된다.

어떤 나라든 그런 조직은 있으니까.

문제는 예산이다.

비밀이라는 것은 정치인들도 그 조직에 대해 모른다는 것을 의미하고, 그들은 그 존재가 드러나면 당연히 그 조직의 운영 예산에 대해 묻기 시작할 것이다.

그런데 그 조직의 운영 예산을 현실적으로 반영할 수는 없으니 당연히 온갖 방식으로 예산을 속인 게 문제가 되어 대통령이 공격받기 시작할 테고.

아니, 거기까지 갈 필요도 없다.

미 정부에서 공식적으로 인정한, 자생적으로 발생한 테러 단체는 없다.

물론 자생적 테러범은 있다.

하지만 자생적 테러 단체와 자생적 테러범은 전혀 다르다.

테러범은 그놈만 잡으면 끝이지만 테러 단체는 끝이 없다.

테러로 인한 대혼란이 오는 건 기본이요, 그 망할 불만분자들과 테러 분자들이 그들에게 엮이기 시작하면 전 미국이 터져 나가게 된다.

"아, 씁…… . 드림 이 새끼들은 약점을 너무 잘 알아."

이런 식이면 FBI에서 아무리 감춰 두려 해도 감출 수가 없다.

그렇다고 해서 드림 로펌을 이해하지 못하는 것은 아니다.

자기네 변호사가 난데없이 납치당하고 1억 달러라는 어마어마한 돈을 요구받았는데 '조용히 기다리겠습니다.'라고 할 조직은 없다.

특히나 드림 로펌쯤 되면 당연히 이 문제의 책임자를 만나려고 할 수밖에 없다.

'그 책임자가 비밀 조직 수장이라는 게 문제이지만.'

하지만 방법이 없다.

비밀을 비밀로 남기기 위해서는 때로는 뭔가를 알려 줘야 할 때도 있는 법이다.

"그 망할 새끼한테 연락해. 일 지랄같이 해 놔서 꼬였으니 시간 내라고 말이야."

국장은 이를 박박 갈면서 말했다.

소원을 이루어 드립니다

독립성 유지국의 국장 조디 패슨은 당황했다.

알 시라즈는 존재하지 않는 조직이다.

다만 사건을 덮어야 하는 상황 때문에 만들어 낸 가상의
존재에 지나지 않는다.

그런데 진짜로 그 조직이 나타났다.

자기네 요원을 잡아간 것도 모자라서, 현장에서 도망친 엠
버까지 잡고 있었다.

"엠버 양이 맞군요."

조디 패슨은 말을 하면서도 혼란한 감정을 감출 수가 없었다.

"기다리라면서요? 이게 지금 뭐 하는 겁니까? 어떻게 해
서든 구해 준다는 게 이겁니까? 독립성 유지국? 그딴 조직은

들어 본 적도 없는데! 애초에 우리 변호사가 왜 그런 사건에 휘말린 겁니까! 우리는 당장 이야기를 들어야겠습니다!"

길길이 날뛰는 노형진이라고 불리는 남자.

그를 보면서 조디 패슨은 곤란함을 감추지 못했다.

'그냥 입 닥치라고 할 수도 없고.'

어찌 되었건 엠버는 미국에서 미다스를 대변하는 사람이다.

그녀가 사라지자 가장 신임받는다는 한국 대변인, 아니 이제는 동아시아 대변인이 된 노형진이 날아와서 길길이 날뛰고 있었다.

드림 로펌 자체가 미다스의 투자가 들어간 기업인 만큼 그건 당연한 일이었다.

'곤란해.'

일이 커지지 않도록 최대한 노력했는데 이 미친놈들이 드림 로펌, 아니 미다스에게 1억 달러를 요구하는 바람에 그쪽이 제대로 뚜껑이 열렸다는 것이 문제였다.

"도대체 당신네들이 뭔데 엉뚱하게 우리한테 불똥이 튄 겁니까!"

"기밀입니다."

"당신들이 하는 일이 뭔데요!"

"기밀입니다."

"장난해요? 지금 이 사건의 원인이 뭔지 알고나 있는 겁니까!"

"기밀입니다."

처음부터 끝까지 기밀이라는 소리로 일관하는 조디 패슨.

일견 보기에는 평소와 똑같았다.

기밀을 외치는 비밀 조직과 화를 내는 외부의 인물.

'기밀 같은 소리 하고 자빠졌네.'

물론 현실은 좀 다르다.

노형진은 이미 그들의 계획을 다 알고 있다.

알 시라즈라는 단체 역시, 그들은 기밀이라고 생각할지 모르지만 이미 그들이 가짜로 만든 단체라는 걸 알고 있었다.

'그리고 그 관련자가 나타났다고 하면 그들이 만나 주지 않을 수가 없지.'

거기에다 중요한 영상을 가지고 있는 사람이라면 더더욱 말이다.

설사 그가 껄끄러운 대상이라고 해도.

"그러면 그들이 왜 엠버 양을 잡아갔는지는 압니까?"

"기밀입니다."

모르는 것도 아니고 기밀이라는 말에 노형진은 멱살을 꽉 잡았다.

"지금 내가 병신으로 보입니까! 당신들이 뭐 하는 조직인지 설마 모르고 온 것 같아요? 당신들은 내란을 막는 일을 하는 조직 아닙니까! 그런데 왜 테러 단체가 당신들이랑 엮인 건지 말 안 할 거예요?"

"미스터 노! 진정하세요."

그걸 보고 FBI 국장은 머리를 부여잡았다.

하지만 말리지는 않았다.

그도 안다, 대부분의 사람들은 저런 모습을 보일 수밖에 없다는 걸.

뭘 물어보든 차라리 아니라고, 모른다고 하면 나은데 기밀이라고 대답해 버리면 열 받지 않는 게 이상한 거다.

'물론 그건 나도 알고 있지.'

노형진이 굳이 영상을 찍고 말도 안 되는 가짜 조직을 연기하도록 한 것은 독립성 유지국의 대표인 조디 패슨을 만나기 위해서였다.

이런 말도 안 되는 내란 작전이 벌어지고 있는데 국장이 모른다는 건 있을 수 없는 일이니까.

"당신이 내란 조직을 막아야 하는 거 아냐! 그런데 왜 우리 변호사가 엮여야 하느냐고! 당신 다른 조직이랑 붙어먹은 거 아냐? 어떤 새끼야! 뭔 짓을 했기에 우리 변호사가 위험해진 거냐고!"

"기밀입니다."

조디 패슨은 노형진을 뿌리치지도 않고 기밀이라는 말만 계속 반복했다.

"이 새끼가 정말!"

노형진이 주먹질을 하려고 하는 순간 FBI 국장이 그의 손을 잡았다.

멱살까지는 참아 줄 수 있지만 주먹질은 아니었다.

"미스터 노, 진정하세요. 화가 나는 건 알지만 저희가 어떻게 해서든 해결해 드릴 테니 분노를 삼키세요."

'해결 같은 소리 하고 자빠졌네. 진짜 반역자를 두고 엉뚱한 곳에서 삽질하고 있구먼.'

노형진이 멱살을 잡은 것. 그건 조디 패슨의 기억을 읽기 위해서였다.

그리고 기대대로 노형진은 심각한 기억을 읽을 수 있었다.

'이 새끼 진짜 반역자였어?'

노형진은 혀를 내둘렀다.

'일이 뭐 이따위로 꼬이지?'

노형진은 그가 반역자가 된 이유를 알고 기가 막혔다.

짧은 순간이지만 그걸 읽어 낼 수 있었는데, 그가 반역자가 된 이유는 황당하게도 노형진이 중국 스파이 조직을 작살 내서였다.

스파이 조직이 박살 나서 정보를 얻을 수 있는 루트가 한정되어 버린 중국 정부에서 치밀하게 함정을 파서 조디 패슨을 빠트렸고, 그 함정에 빠진 조디 패슨은 어쩔 수 없이 반역자가 된 것이다.

'뭔 놈의 나비효과가……'

이랬으니 원래 역사에서는 이런 일이 없었을 것이다.

아마도 독립성 유지국이 해체되더라도 이렇게 가짜 반란

군까지 만들면서 발악을 하지는 않았을 것이다.

"젠장."

노형진은 말리는 FBI 국장의 손을 뿌리치며 조디 패슨을 보면서 외쳤다.

"만일 우리 변호사에게 무슨 일이 생기면 절대 그냥 넘어가지는 않을 겁니다!"

"최선은 다해 보지요."

노형진은 피식 웃고는 고개를 돌렸다. 그리고 그곳을 나왔다.

'이미 무슨 일이 생겼지. 그리고 당신들은 그냥 안 둬.'

노형진은 이를 박박 갈면서 속으로 분노를 삼켰다.

"무기가 있다고요?"

"적지 않은 무기가 있더군요."

"아니, 그 정보를 어떻게 얻으신 겁니까?"

"기밀입니다."

조디 패슨에게 배운 그대로 기밀 타령을 했지만 데럭은 더이상 묻지 않았다.

사실 기밀이라고 해도 미다스에게서 나온 정보라 생각했고, 그런 경우는 깊게 파 봐야 좋을 게 하나도 없기 때문이다.

"이번 일을 위해 적지 않은 준비를 했더군요. 아마 일이

터졌으면 피해자가 족히 수천 명은 나왔을 겁니다."

"수천 명요?"

"네, 수천 명요."

자세한 기억을 읽은 노형진은 혀를 끌끌 찰 수밖에 없었다.

그럴 수밖에 없는 게, 사망한 제보자가 준 내용에는 없는 결말이 조디 패슨의 머릿속에서 흘러나왔기 때문이다.

'최후는 자폭이라니.'

물론 한 사람의 자폭으로 수천 명이 죽지는 않는다. 폭발물을 터뜨린다 해도, 그곳에 있는 모두를 죽일 수는 없다.

한 가지 경우만 빼고 말이다.

'미친 새끼, 신경가스라니.'

신경가스. 그게 조디 패슨이 설계한 최후의 결말이었다.

그리고 조디 패슨은 자신의 작전에 대해 누구도 모르기를 바랐다.

병원 내부에서 항전을 하는 것까지는 동일하다.

그런데 모든 병원은 외부의 병원균 유입을 통제하기 위해 건물 전체에서 공기 순환을 통제한다.

당연히 적당한 위치에 가스를 심어 둔다면 단 몇 분이면 병원 내부에 퍼질 수밖에 없는데, 신경가스라면 병원 내부의 모든 사람들을 죽일 수 있는 물건이었다.

"설마 그런 미친 짓을 한다고요?"

"인간이 욕심에 미쳐 버리면 어떻게 변할지는 누구도 모릅니다. 높이 날던 인간이라면 더더욱 빠르게 추락하는 법이지요."

조디 패슨은 미 정부에 충성을 바치던 사람이었다.

하지만 돌변하고 스파이가 되자 누구보다 잔혹한 스파이이자 살인마가 되었다.

'그 작전이 시작되면 조디 패슨과 독립성 유지국의 힘은 어마어마하게 강해진다.'

그리고 그 강해진 힘으로 그들은 모든 정보에 접근할 수 있게 된다.

'그 정보는 중국 정부로 넘어가게 될 테고. 미친 중국 놈들, 다급하기는 다급했던 모양이로군.'

아무리 규모가 타 조직보다 작다 해도 어찌 되었건 조디 패슨은 미국 비밀 조직의 수장이다.

그런 자를 함정에 빠트려서 쥐고 흔든다는 것은, 어지간히 다급한 경우가 아니면 보통은 꿈에도 생각하지 못한다.

일개 조직원을 포섭하는 것도 힘든데 수장이라니.

'그만큼 다급할 만하지.'

자신들이 만든 정보 조직이 모조리 박살이 났으니 어떻게 해서든 새로운 정보 루트를 찾아야 했을 것이다.

최소한 그 원인이라도 알기 위해 무리한 도박을 했을 테고, 그게 성공한 것이다.

"그런데 그걸 어떻게 하시려고요? 다짜고짜 가서 꺼내 오실 겁니까? 그게 가능할까요?"

"가능할 리 없지요. 그들이 바보도 아니고."

기억 속에서 얼마나 많은 양의 무기가 있는지는 읽어 내지 못했다.

사실 그가 가서 무기를 다 확인한 건 아니었을 테니까.

하지만 그건 확실하다. 그곳을 지키는 병력이 있다.

그것도 독립성 유지국이 아니라 중국계 요원들이 지키고 있다.

아무리 그라고 해도 독립성 유지국 요원들을 동원해서 지키다 보면 정보가 새어 나갈 테니까.

하지만 중국은 상관없다.

성공하면 미국 정보 라인을 꽉 쥐는 거고, 실패한다고 해도 미국이라는 나라에 대혼란이 닥쳐올 뿐이다.

'그것도 모르고 미국 보험회사들은 뻘짓을 하고 있고.'

아마 그들이 생각하는 소요 사태라는 것은 그냥 일부가 반역 시도를 하다가 제압당하는 정도일 것이다.

그들이 돈을 우선시하는 자들이기는 하지만 수천 명을 죽이려고 하는 음모에 돈을 투자하지는 않을 테니까.

'그리고 그게 함정이지.'

미국의 보험회사들은 사태가 터진 후에야 진실을 알 테지만, 그걸 까발릴 수 없다.

자신들이 저지른 일이 있으니, 진실이 알려지면 필연적으로 망할 수밖에 없으니까.

결론적으로 그들은 조디 패슨이 시키는 대로 할 수밖에 없게 되고, 조디 패슨은 정보와 돈 모두를 지배하게 된다.

'어쩌면 후버 같은 인간이 될지도 모르지.'

존 에드거 후버. FBI를 만든 사람이자 미국의 정보 조직을 완성한 사람이라는 평을 듣는다.

하지만 그런 공적과 반대로 그걸 사익을 위해 이용한 것으로도 유명한 사람이기도 하다.

소위 반공, 그러니까 공산주의자를 때려잡는 데에는 능숙하고 혈안이 되어 있었지만, 정작 미국을 내부에서 좀먹고 있던 마피아에 대해서는 '마피아란 존재하지 않는 가상의 조직이다.'라는 말을 하면서 방치했다.

당연하게도 그들에게서 적지 않은 돈을 받았고 말이다.

그 당시 그가 노리면 어떤 곳도 멀쩡할 수 없었다.

뒤를 캐거나, 없으면 만들어서라도 정적들에게 빨갱이라는 죄목을 뒤집어씌웠던 사람이라 정치인들조차도 그를 건드리지 못했다.

심지어 대통령조차도 그를 종신 FBI 국장에 임명할 정도였으니 그의 권력이 얼마나 대단했는지 알 수 있었다.

'그리고 이게 성공하면 이야기가 좀 달라지겠지.'

아마도 조디 패슨은 제2의 에드거 후버가 될 수 있었을지도 모른다.

아니, 노형진만 아니었다면 그렇게 되었을 것이다.

"하지만 그 무기들이 어디에 있는지 정확하게 알아야 하지 않겠습니까?"

"정확하게 알고 있습니다."

"네?"

데릭은 깜짝 놀랐다.

애초에 노형진이 조디 패슨에게 접근한 가장 큰 이유가 바로 그 기억 때문이었다.

그리고 노형진의 예상대로 그는 그 모든 걸 알고 있었다.

자세한 기억은 보지 못했지만 그 무기가 어디에 있는지는 확실하게 알고 있었다.

"그 말이 맞더군요, 등잔 밑이 어둡다."

"등잔 밑이 어둡다고요?"

"네, 무기는 인디언 자치구 안에 있습니다."

백인인 데릭의 얼굴이 새파랗게 변하기 시작했다.

⚖️

"이런 미친……. 이런 데가 있었다고?"

인디언들의 사설 군사 기업 토마호크를 이끄는 수장인 데이브는 이를 박박 갈았다.

"생각해 보면 당연한 일이지요. 이송도 쉽고, 걸린다고 해도 증거를 조작하기도 쉽고."

거기에다 이곳은 상대적으로 미국의 사법 시스템이 거의 작동하지 않는다.

경찰력? 그것도 당연히 제대로 작동하지 않는다.

애초에 얼마 전까지만 해도 가난한 동네였기 때문에 잡범은 있을지언정 큰 범죄가 없었으니까.

"그러니 이런 곳에 배치해 두면 누가 알겠습니까?"

노형진이 찾아낸 곳은 인디언 자치구에 있는 사막의 돌산이었다.

그곳에 있는 제법 커다란 동굴이 그 무기들의 은닉 장소였다.

"이 정도 거리면, 일이 터지면 세 시간 안에 무기를 병원에 공급할 수 있습니다."

그러면 완벽하게 독립을 위해 싸우는 반군이 되는 것이다.

"망할 새끼들. 안 그래도 불안했는데."

"불만이 많은가 보군요?"

"당연하지요."

인디언 청년층에서는 미국에 불만을 가지지 않은 사람이 없다.

"하지만 대부분은 그냥 참습니다."

"대부분이라고 하면 일부는 아니라는 거지요."

"어딜 가나 반사회적인 놈들이 있으니까요."

그 미친놈들을 무장시키는 건 어려운 일이 아닐 테니 그 결과는 뻔하다.

"이놈들을 어떻게 막을지 문제군요. 당장 들이닥칠까요?"

데이브는 입구를 지키는 요원들을 확인하다가 문득 눈을 찌푸렸다.

"이상하군요."

"어째서요?"

"지키는 놈들이 죄다 황인종입니다. 물론 황인종 요원이 없는 건 아닌데. 그렇다고 우리 쪽 애들은 아니고."

혹시나 이미 몇몇이 넘어갔을까 두려웠는지 데이브의 목소리가 점점 작아졌다.

노형진은 그런 데이브를 진정시켰다.

"아니요. 그건 아닙니다. 저건 중국 쪽 애들입니다."

"네? 중국 쪽요?"

"독립성 유지국의 조디 패슨이 중국 쪽 스파이거든요."

"네?"

"중국 쪽에서는 남는 장사죠."

이번 일이 제대로 터지면 미국이라는 나라는 대혼란에 빠질 테니까.

"그러면 저놈들을 잡으면 국제분쟁……."

움찔하는 데이브. 노형진은 그런 그를 진정시켰다.

"아니요. 그럴 일은 없습니다. 저들은 비밀리에 들어온 자들입니다. 존재하지 않는 자들이에요. 저들이 죽는다고 해도 중국에서 미국에 항의할 수는 없습니다."

그렇게 된다면 자신들이 미국에서 내란을 유도했다는 의미가 되는데, 그건 대놓고 미국과 전쟁하자는 소리밖에 안된다.

"저들은 여기서 죽어도 상관없습니다."

노형진은 차갑게 말했다.

'아니, 죽어 줘야지.'

그래야 그가 다음 작전을 시작할 수 있다.

사람이 죽는 것에 대한 미안함? 그딴 건 없다.

'먼저 죽이려고 덤빈 놈들이니까.'

한두 명도 아니고 최소 수천 명이 죽을 사건이었다.

'그리고 그 기회를 그냥 놓칠 중국이 아니고.'

사실 노형진이 모를 뿐 중국은 다른 계획이 있었다.

인디언 독립 단체 이름을 팔아서 계속 미국에서 독가스 테러를 할 계획이었던 것이다.

당연히 미국 정부는 인디언들을 탄압할 테니 인디언들은 어쩔 수 없이 독립을 하려고 하기 시작할 수밖에 없는데, 그건 미국에서 내전이 벌어진다는 소리나 다름없으니까.

"인원은 많지 않습니다. 여기에 많은 인원을 배치하기에는 구조적으로 힘드니까요. 하지만 장담하건대 저들의 전투 실력은 일당백일 겁니다."

거기에다 저 안에는 무기마저도 충분하다.

그러니 저들이 안에 숨어서 항전하려고 한다면 피를 보는 것은 이쪽이다.

동굴이라는 것 자체가 방어에는 아주 유리한 조건이니까.

"그러면 어쩌지요? 당장 들어가기에는 위험한데요. 방탄복이 있기는 하지만……."

저들은 방탄복 사이에 있는 작은 틈을 맞힐 수 있을 뿐만 아니라 방탄복 자체를 충분히 뚫을 수 있는 무기가 있다.

"일단은 내부에 있는 놈들을 끌어내는 게 중요하겠지요."

"하지만 어떻게요? 그놈들이 나올 것 같지 않은데요."

"나올 겁니다. 나올 수밖에 없도록 만들 테니까요."

노형진은 자신이 있게 말했다.

⚖

"어마어마한 양이군."

산더미처럼 쌓여 있는 다이너마이트.

그걸 본 데이브는 혀를 내둘렀다.

"많은 건 아닙니다. 이 정도면 적지 않은 충격파가 생기기는 하겠지만 멀리는 가지 않을 겁니다."

노형진은 땅속에 숨겨진 다이너마이트를 보면서 말했다.

"제가 가진 회사에서 조금씩 빼돌려 왔습니다."

"그런데 이걸 가지고 어떻게 하시려고요? 동굴을 무너트리실 생각입니까?"

"그럴 리가요. 무기가 아깝습니다. 더군다나 그게 가능하지도 않을 테고요."

동굴 입구를 무너트릴 수는 있겠지만 그런다고 해서 그들이 탈출하지 못한다는 보장은 없다.

더군다나 자신의 계획을 위해서는 그 무기를 자신들이 손에 넣어야 한다.

"충격파를 이용해서 동굴을 흔들 겁니다."

"동굴 전체를 다 무너트리기는 힘들 텐데요. 더군다나 거리가……."

이곳은 동굴과 거리가 좀 있는 위치다.

당연하게도 이 정도 폭약으로 무너트리는 건 불가능하고 말이다.

"하지만 흔들리겠지요."

"그렇기는 하겠지만 그게 무슨 소용이 있는지 모르겠습니다."

"저들이 아무리 훈련을 받은 병력이라고 해도 이 지역의 지진 상황에 대해서까지 훈련받았을 것 같지는 않거든요."

"지진요?"

"네."

"아하!"

지진은 천재지변이다.

당연히 사람들이 막거나 할 수 있는 일이 아니다.

"동굴은 지진이 나는 경우에 위험한 곳 중 하나입니다."

지진으로 인해 무너질 수 있으니까.

"적이라면 모를까, 지진이 일어난다면 저들이 어떻게 반응하겠습니까?"

"일단 그곳에서 나오려고 하겠네요."

지진이 벌어지면 안전한 곳으로. 그건 상식이다.

"그리고 다급하게 나오는 상황에서 무장까지 모조리 갖출 가능성은 거의 낮지요."

설사 무장한다 해도 결국 소총 정도이지 이들을 위협할 만한 대전차무기 따위를 가지고 올 리는 없다.

"그 후에 우리가 들이닥치면 상황은 달라지지요."

이쪽에는 방탄 처리된 차량이 있고 충분한 무장이 있다.

저들이 대전차무기를 가지고 나오지 않는 이상 이길 수가 없다.

"차량으로 빠르게 움직이면 저들이 돌아가기 전에 막을 수 있습니다."

노형진은 자신 있게 말했다.

"이제 불꽃놀이를 시작해 봅시다."

⚖

왕첸은 나무토막을 깎으면서 눈을 찌푸렸다.

"지겹네, 이거. 도대체 언제까지 여기에 있어야 하는 거야?"

"조만간 끝난다고 하니까 조금만 참아."

"그게 벌써 몇 달째야?"

어마어마한 양의 무기를 감춰 두고 마냥 기다리고 있었다.

비밀리에 들어온 건 좋은데 아무것도 없는 동굴은 지겹기 그지없었다.

그들이 보는 거라고는 사막뿐이었다.

심지어 이 근처는 물도 없고, 볼 것도 없는 곳인지라 관광객도 없었다.

'하긴 그런 곳이면 비밀 창고로 쓰지도 않겠지만.'

심심해서 코요테라도 쏴 볼까 했지만 총소리가 들리면 의심을 산다는 말에 아주 가까이 접근하지 않는 이상에야 그런 기회도 없었다.

"아, 씁. 지겹다, 진짜. 빨리 일 좀 끝났으면."

다른 요원의 말에 피식 웃는 왕첸.

그 순간 갑자기 그의 몸이 크게 흔들렸다.

"어?"

"뭐야?"

"무슨 일이야?"

다들 당황해서 주변을 둘러봤다.

흔들리는 대지. 그리고 위에서 떨어지는 돌가루. 벽에 쌓아 둔 무기 상자들 역시 흔들렸다.

"뭐지?"

자신만 느낀 게 아니라는 사실을 알아챈 왕첸은 잔뜩 몸을 긴장시켰다.

그다음 순간 들이닥친 두 번째 충격.

그리고 그게 뭔지 그들은 어렵지 않게 알아차렸다.

"지진이다!"

"나가!"

"어서 나가!"

지진이 일어나는 경우 이곳이 위험하다는 건 당연한 일이었다.

아무리 무기가 중요하다고 그걸 지키라고 자신들이 배치되었다고 하지만, 그건 어디까지나 자신들이 싸울 수 있는 대상에 한정해서다.

아무리 열심히 훈련한다고 해도, 아무리 무장이 충실하다 해도 지진과 싸울 수는 없는 노릇이었다.

쿠르르릉!

다시 한번 닥친 충격.

아까보다 더 컸다. 지진이 확실했다.

"당장 나가!"

"빨리빨리!"

다급하게 뛰어나가는 중국 요원들.

그들은 제대로 무장도 하지 못하고 바깥으로 튀어 나갔다.

다행히 그들이 나갈 때까지 동굴은 무너지지 않았다.

"뭐야? 다 나온 거야?"

그들은 바깥으로 나와서 인원을 확인했다.

안에 있던 사람들뿐만 아니라 주변을 감시하던 사람들까지 몰려온 걸 보니 다들 확실하게 느낀 모양이었다.

"지진이라니. 이건 계획에 없었는데."

"동굴은 안전한 거야?"

아무리 목숨 걸고 온 거라지만 싸우다 죽는 것도 아니고 동굴에 산 채로 묻히고 싶지는 않았다.

"이거 당분간 야외에 숙소를 차려야 하나?"

그들이 그렇게 말할 때였다. '핑!' 하는 소리가 들렸다.

"뭐지?"

그들이 그 소리에 예민하게 반응하는 그 순간, 그 소리를 낸 물체가 그들 한가운데 떨어졌다.

그리고 '펑!' 하는 소리와 함께 터져 나갔다.

"끄아아악!"

그들은 눈을 부여잡고 비명을 질렀다.

동굴 속에 오랫동안 있었기 때문에 눈은 어둠에 익숙했다.

더군다나 지금은 밤이라서 빛에 익숙해질 시간도 없었다.

그랬기에 그런 와중에 터진 섬광탄은 그들을 제압하기에 충분했다.

"끄아악! 내 눈!"

비명을 지르는 요원들, 그리고 그들에게 들이닥치는 장갑

차들.

"손들어! 꼼짝 마!"

몇몇 대원들이 그들에게 손들라고 했지만 대답은 간단했다.

탕탕탕!

눈이 보이지 않는 상황에서도 그들은 가진 무기를 무차별적으로 쏴 댄 것이다.

"이런, 씨발!"

대원들은 기겁을 했다.

아무리 해도 저쪽은 항복할 생각이 없어 보였다.

그렇다고 인질로 잡을 수도 없고 말이다.

"사격!"

어두운 밤, 사막에 총소리가 울려 퍼졌다.

"어마어마하군."

"미친 새끼들."

창고는 온갖 무기로 가득했다.

소총과 탄약은 기본이요, 지대공미사일, 대전차미사일, RPG 대전차지뢰, 저격용 라이플 등등.

"이거 화학 가스 아닙니까?"

심지어 화학 가스탄까지.

"아주 작정했네."

노형진은 혀를 내둘렀다.

이 정도면 최소 1개 사단은 무장시킬 수 있는 양이었다.

'하긴 나라도 그러겠다.'

내전 상태만 지속할 수 있다면 미국에 심대한 타격을 줄 수 있을 테니까.

당장 그만 해도 대동의 내전을 길게 가게 하기 위해 수를 쓰지 않았던가?

"이걸 가지고 무장할 겁니까?"

"아니요. 무장은 안 합니다."

노형진은 고개를 흔들었다.

"이건 양이 너무 많아요. 섣불리 욕심을 부리면 사달 납니다."

이건 그가 삼키기에는 너무 많은 양이다.

더군다나 돈으로 쓸 수도 없는 무기들이다.

이걸 가지고 있어 봐야 쓸 수 있는 곳은 전쟁뿐인데, 노형진이 미치지 않고서야 그럴 생각은 전혀 없다.

"아, 그래도……."

대전차미사일을 보고 입맛을 다시는 데이브.

"욕심 부리지 마세요. 대전차미사일은 기업에 인정 안 되는 무기입니다. 그거 쓰면 전 미국이 다 덤빌 겁니다."

"아깝네요, 에효. 그러면 어쩌죠?"

"간단합니다. 이걸로 영상을 하나 더 찍을 겁니다."

"네? 왜요?"

"왜긴요. 그들의 소원을 이루어 줘야지요, 후후후."

⚖

얼마 후 미국의 주요 정보 조직과 방송국에 한 장의 비디오가 도착했다.

지금 같은 시대에 비디오라니 웃음이 나올 지경이지만, 그 안에 담겨 있는 정보는 결코 웃을 수가 없는 것이었다.

─우리 알 시리즈는 미국 땅에서 성스러운 전쟁을 벌이겠다. 우리에게는 조력자들이 있고 그들은 우리의 승리를 위해 모든 것을 지원해 줬다. 우리는 알라가 보살펴 주신다! 알라 후 아크바르!

남자는 그렇게 말하면서 거대한 창고를 보여 줬다.

영상을 보던 사람들의 입에서 절로 신음이 흘렀다.

온갖 무기와 탄약, 그리고 그들이 가장 걱정하던 C-4까지 있었으니까.

아니, 이제는 C-4가 문제가 아니었다.

"저거…… 화학탄 아닙니까?"

"미친……."

미 정부는 발칵 뒤집혀 버렸다.

그럴 수밖에 없다.

지금까지 외부에 있는 적이라면 모를까 미국 내부에 저 정도로 무장한 집단은 없었으니까.

―우리 알 시라즈는 미 제국주의자들이 사라지는 그 순간까지 계속 싸울 것이다. 미 정부는 전 세계에 사과하고 정부를 해산하라!

짧은 모습이었지만 그 영상이 가지는 파괴력은 어마어마했다.

쾅!

테이블이 부서지듯 내려쳐졌고, 모두의 시선이 그곳으로 향했다.

"조디 패슨 국장, 미쳤습니까? 저런 조직을 두고 지금까지 보고도 안 해요?"

알 시라즈라는 조직이 가진 위험성은 어마어마하다.

다급하게 방송국에 보도 통제를 통해 새어 나가는 건 막았지만 이게 새어 나가는 순간 미국은 대혼란에 빠질 것이다.

안 그래도 미국의 고질적인 문제가 다문화 국가라는 거다.

그래서 조금만 수틀리면 폭동이 일어난다.

그런데 그들에게 무기가 주어지면?

그건 폭동이 아니라 반란이 될 것이다.

"아니, 그게……."

조디 패슨은 당황할 수밖에 없었다.

'이거 뭐야, 도대체?'

알 시라즈는 없는 조직이다.

그냥 그가 만들어 낸 가짜 조직일 뿐이다.

그런데 납치를 일으킨 것도 모자라서 저 정도 무기를 확보하고 미 정부를 대상으로 선전포고를 했다.

'뭔가 잘못된 거야.'

이건 있을 수 없는 일이다.

그는 설마 그 무기가 자신이 은닉한 무기라고는 생각하지 못했다.

"당장 뭐라고 말을 해 봐요!"

"지금 아무리 정보가 중요하다 하지만 설마 이 상황에서도 비밀을 지키려고 하는 겁니까?"

"지금 대통령께서는 국가 안보 회의를 하고 계십니다. 당장 뭐라도 가지고 가야 합니다!"

각 조직 수장들의 말에 조디 패슨은 침을 꿀꺽 삼켰다.

"아니, 그게 말입니다. 저희도 조직의 이름 정도만 알고 있었지 이 정도 무장을 했을 거라고는……."

애써 변명 아닌 변명을 하는 조디 패슨.

그때였다.

한 남자가 심각한 표정으로 들어오더니 FBI 국장에게 다가가서 뭐라고 속삭이기 시작했다.

"으음? 확실한가?"

"네, 확실합니다. 확인되었습니다."

"알았네."

그는 고개를 끄덕거리고 바깥으로 나갔다.

그리고 국장은 주변을 스윽 둘러보더니 입구에 있는 요원을 손짓해 불렀다.

"무슨 일입니까?"

"중요한 정보입니까?"

모두의 시선이 그에게 쏠려 있는 순간, 그는 충격적인 말을 꺼냈다.

"당장 저 사람을 구인하게."

"국장?"

"이게 무슨 짓이오!"

갑자기 요원들이 조디 패슨에게 다가가서 그를 강제로 구인하자 다들 당황했다.

"이게 뭔 짓이오!"

"반역하는 거요?"

"반역요? 그건 제가 아니라 저놈이 한 겁니다."

"저놈?"

"네, 그 영상의 추적 결과가 나왔습니다."

"추적이라니?"

"그 영상의 해상도를 높였습니다."

이것이 삶이다

화질이 낮은 영상이었지만 그걸 선명해지도록 작업하는 건 FBI의 주특기였다. 그리고 그렇게 만들어 낸 영상 속에는 박스마다 로트 번호가 있었다.

쉽게 말해서 박스마다 관리를 위한 번호가 적혀 있었던 것이다.

"그 번호는 미군에서 폐기 처리된 것이었습니다. 저 C-4를 포함해서 말입니다."

"미군에서?"

다들 얼굴이 사색이 되었다.

그 말은 미군에서 무기를 빼돌려 주는 첩자가 있다는 소리이기 때문이다.

"말도 안 되는 소리!"

"말도 안 되는 게 아닙니다. 해당 영상은 지금쯤 각 조직에 들어갔을 겁니다. 그리고 그걸 추적해 본 결과 마지막으로 수령한 자가 독립성 유지국 요원으로 드러났습니다."

"뭐라고? 그럴 리 없어! 말도 안 돼!"

조디 패슨은 거칠게 저항했다.

하지만 이미 주변에 다른 요원들이 꽉 차 있었고 다른 국장들은 황급히 멀어지고 있었다.

"놔! 놓으란 말이다!"

"조디 패슨 국장, 이 건에 대해서는 우리가 이야기할 게 아주 많습니다."

모두의 시선은 불처럼 활활 타오르고 있었다.

⚖

'이런 걸 도랑 치고 가재 잡는 거라고 하지.'

노형진은 CIA 요원을 만나고 있었다.

무기를 넘겨주고 그들과의 관계를 돈독하게 하기 위해서다.

그걸 가지고 있어 봐야 위험하기만 하고 이득은 하나도 없으니까.

더군다나 화학탄까지 들어 있다.

그게 사라지면 그건 심각한 문제다. 차라리 미 정부를 통해 폐기 처리하는 게 안전하다.

"이게 사실입니까?"

"네. 알 시라즈라는 조직에 대해 미다스가 따로 조사를 했습니다. 저희 조사 결과로는 이곳에 그들의 무기가 있을 가능성이 높다고 합니다."

"으음……."

CIA 요원은 침음성을 흘렸다.

안 그래도 발칵 뒤집어진 미 정부다. 그들의 무기만 회수할 수 있다면 크게 안심할 수 있을 것이다.

"그런데 그 소문이 사실입니까? 조디 패슨? 그 인간이 배신자였다고요?"

"네, 중국과 붙어먹고 있더군요. 알 시라즈는 모른다고 우기고 있기는 합니다만. 정확하게는 자기가 만들어 낸 가상의 조직이니 실제로 존재할 리 없다고 하더군요."

"미쳤군요."

노형진은 혀를 끌끌 찼다.

"도대체 왜요?"

"기밀입니다."

CIA 요원은 더 이상 말하지 않았다.

지금 말한 것도 정보를 말해 준 것에 대한 대가이지 자세하게 말해 줄 것은 아니었다.

'기밀 같은 소리 하고 자빠졌네.'

안 봐도 뻔하다.

단순히 질문을 통해 이 답이 나올 리 없다.

아마도 취조에 특화된 뭔가를 썼을 것이다.

'그리고 반란 계획도 알았겠지.'

그러니 미 정부는 지금 극도로 분노한 상황이었다.

당장 미 정부에서 중국 물품에 대한 관세를 올리겠다고 발표한 게 어제다.

'그냥 넘어갈 리 없지.'

중국 입장에서는 환장할 노릇이겠지만 말이다.

'그나저나 이것도 또 문제가 되는 건 아니겠지?'

원래 역사에서도 중국 정부와 미국 정부는 사이가 안 좋았다.

그런데 지금은 사실상 비밀리에 전쟁을 하고 있다.

'뭐, 그건 그때 가서 해결하자고.'

노형진은 속으로 질문을 삼켰다.

어차피 자신이 할 수 있는 건 없다.

"그나저나 그놈들의 은신처는 어떻게 찾으신 겁니까? 아직 저희들은 못 찾고 있는데."

노형진이 씩 웃었다.

"기밀입니다, 후후후."

리더의 조건

신동하는 심각한 표정으로 노형진을 찾아왔다.

"천황이 전면에 나설 방법이 필요합니다."

"대동이 아니고요?"

노형진은 살짝 당황했다.

대동이 본격적으로 싸우기 위해 움직이기 시작했다.

그러니 당연히 신동하는 노형진에게 대동에 관한 문제를 물어볼 거라 생각했다.

그런데 정작 도움을 요청한 건 대동이 아니라 일왕이었다.

"신동성과 신동우는 격하게 싸우고 있습니다."

"그런데 신동하 씨에게 영향이 없다고요? 가지고 있는 주식이 적지 않은데요."

"그래서 저를 못 건드립니다."

신동우에게는 신동하를 건드릴 이유가 없다.

미래가 어찌 될지는 모르지만 현재는 같은 편이니까.

더군다나 신동성만 밀어낸다면 신동하는 그다지 어렵지 않은 상대라고 생각하고 있으니까.

반대로 신동성은 신동하가 과거보다 힘이 세진 게 부담스럽다.

신동성 입장에서는 지금 싸우면 분명 신동하를 이길 수 있다.

하지만 그걸 구경만 하고 있을 신동우가 아니다.

물론 그가 신동하를 돕기 위해 싸우지는 않겠지만, 신동성이 신동하를 물어뜯는 사이에 당연히 신동성의 뒤통수를 치기 위해 움직일 것이다.

신동하가 힘이 부족하다고는 해도 최소한 이제 그 정도 틈을 만들 때까지 버틸 만한 힘은 있으니까.

"신동우가 도움을 요청하지는 않고 있나요?"

"이 이상 회사 내부에서 제가 커지는 걸 알게 모르게 견제하고 있습니다. 같이 갈 수는 없으니까요."

노형진은 고개를 끄덕거렸다.

신동우와 신동성이 상잔하고 있다.

그들 중 누가 이길지 모르지만, 둘 중 누구도 신동하와 함께 갈 수는 없다.

결국 언젠가는 싸워야 하는 걸 아니까 그들도 신동하에게 힘을 키울 기회를 주고 싶지는 않을 것이다.

"그건 알겠습니다만, 뜬금없이 일왕을 전면에 내세운다는 게 무슨 소리인지 모르겠군요. 일왕은 법적으로 정치 자체를 하지 못하게 되어 있지 않습니까?"

"그건 그렇지요. 그래서 우리 계획이 천황이 정치를 하는 게 아니라 천황의 추종자들이 정치를 하는 거 아니었습니까?"

"그렇지요."

그런데 뜬금없이 일왕을 전면에 내세워야 한다는 신동하의 말이 이해가 가지 않았다.

"그래서 고민을 하고 있습니다. 사실 천황이라는 존재가, 알다시피 정신적으로는 일본인들의 대표이고 왕이지만 실권이 없으니까요."

"뭘 원하는지 알겠습니다. 일왕이 존재한다는 증명이 필요한 거군요."

"표현이 애매하기는 하지만 맞습니다. 존재의 증명요."

일왕이 없는 것은 아니다.

하지만 2차대전 이후에 일왕은 그저 상징적인 존재로만 남아 있었다.

당연하게도 그의 힘은 사정없이 약해졌다.

일본인들이 일왕을 존경하지 않는 것은 아니지만, 그렇다고 해서 그를 추앙하며 따르는 것도 아니다.

"지금은 일부 극우 세력이 지지하고 있고 우리가 만든 천황 지지 세력이 지지를 하고 있기는 합니다만."

"국민들로부터는 사실상 지지가 거의 없지요."

정신적 지지와 현실적인 지지는 전혀 다르다.

더군다나 지난 수십 년간 극우 세력이 지배했던 일본이다.

그곳에서 사람들의 마인드를 바꾸는 것은 절대로 쉬운 일이 아니다.

"으음…… 애매하네요."

노형진은 신동하의 말에 턱을 문질렀다.

그럴 수밖에 없는 게, 진짜 애매하고 까다로운 일이었으니까.

'가장 존재감을 드러내는 건 정치를 하는 건데 말이지.'

하지만 정치를 하는 것은 평화 헌법상 금지되어 있다.

당연하게도 그걸 고치려고 하면 일본 극우는 그 틈을 노려서 일본 평화 헌법을 고치려고 할 것이다.

"그걸 고치지 않고 일왕을 전면에 내세우고 우리의 대표는 일왕이라는 이미지를 만들어야 하는데 그게 쉽지 않군요."

"그래서 문제입니다. 천황 폐하가 전면에 나서지 못하는 상태로 지금처럼 계속 유지된다면 결국 과거로 돌아갈 뿐입니다."

"하긴 그렇겠네요."

세력을 뭉칠 수는 있지만 그걸 유지하기 위해서는 일왕이 전면에 나서야 한다.

그냥 허수아비로 남아 있다면 얼마 지나지 않아서 극우

세력이 등을 돌릴 게 뻔하다.

그들도 결국은 이권을 따르는 놈들이니까.

'우리도 마냥 그쪽을 지킬 수도 없는 노릇이고 말이지.'

그가 아무것도 하지 않는데 자신들이 마냥 요히토를 지지할 수는 없다.

요히토를 지지하는 이유가 뭔가? 그를 통해 일본 극우 세력을 통제하기 위해서다.

그리고 어떻게 해서든 일본의 평화 헌법을 유지하기 위해서다.

"하지만 뭘 하려고 해도 일본 정부에서 사정없이 조이고 있습니다."

"궁내청은 나름 청소되지 않았습니까?"

안 그래도 사이가 안 좋았던 궁내청을 요히토는 사정없이 칼질했다.

물론 그들을 모조리 쳐 낼 수는 없지만, 차기 천황이 확실시되는 요히토가 불편함을 드러내자 궁내청도 최근에는 조심하면서 눈치를 보는 것이 사실이다.

"궁내청은 그렇습니다. 하지만 일본 정치인들은 아닙니다. 그들은 천황과 요히토에게 권력이 생기는 것을 결사반대하고 있습니다."

"끄응. 그러니까 지금 중요한 건 일왕, 아니 상황을 보면 일왕가가 국민들에게 다가가는 게 힘들다는 거군요."

"네. 궁극적으로 보면 영국 왕실처럼 입헌군주제로 가는 게 좋다고 생각합니다만."

"군림하지만 지배하지는 않는다. 이거군요."

왕으로서 존재하고 모두의 추앙을 받지만 영국 왕실이 지배권을 가진 것은 아니다.

그들은 그 대신에 명예를 지키고 있다.

"일본 왕실에서는 명예가 사라졌지요."

노형진은 씁쓸하게 웃으며 말했다.

워낙 힘이 약한 기간이 길었기 때문에 일본 왕실에는 명예라고 남은 게 없었다.

그렇다 보니 국민들은 그 존재 자체를 확실하게 인지하지 못하고 있다.

일종의 공기 같은 존재랄까? 존재하고 인정은 하지만 딱히 삶에서 생각하지는 않는 것이다.

"그 아랫사람들이 모이게 하려면 일왕이라는 존재가 국민들의 삶에 들어가야 한다는 거군요."

"네, 제가 원하는 게 바로 그겁니다."

"하지만 갑자기 무슨 수로요?"

"그 방법이 없으니까 노 변호사님을 찾아온 겁니다. 저는 정치를 모르니까요."

"이거 참."

노형진은 입맛을 다셨다.

"방송 프로나 인터넷 같은 건 힘들겠고요."

"어찌 되었건 천황가입니다. 그런 데 나오는 것은 너무 가벼워 보이지요."

그렇다고 무슨 시사 프로그램이나 대담 프로그램에 나갈 수도 없다.

직접 하는 건 아니라고 하지만 공식 석상에서 의견을 표현하는 것 자체가 정치로 볼 만한 여지가 충분하기 때문이다.

"차라리 그냥 무명 가수를 유명 가수로 바꾸는 게 편하겠는데요."

최소한 그건 방해하는 놈은 없으니까.

"힘들까요?"

"그거 누구의 의견입니까? 신동하 씨가 그 문제로 여기까지 올 것 같지는 않은데요."

신동하는 씩 웃었다.

노형진은 그걸 보고 대충 알아차렸다.

'요히토의 의견인 모양이군.'

요히토는 왕실이 전면에 나서기를 원한다.

그런 만큼 적극적으로 방법을 찾을 가능성이 높다.

하지만 그가 노형진을 부를 수는 없다.

아무리 궁내청이 좀 약해졌다고 해도 방해가 약해졌다는 정도이지, 그들이 개과천선해서 일왕가를 돕거나 감시를 하지 않는 것은 아닐 테니까.

"결과적으로 궁내청의 방해 없이 일왕가를 국민들의 전면에 내놔야 한다는 건데…….

궁내청뿐만 아니다.

일본의 다른 정치인들 역시 결사적으로 그걸 막으려고 할 것이다.

"너무 힘든 문제를 공짜로 해 달라는 것 아닙니까?"

노형진은 애매한 표정으로 말했다.

서로 이익이 맞아서 하는 거라고 하지만 그래도 공짜는 사절이었다.

"하지만 돈을 줄 수는 없습니다."

"압니다. 결국 이 모든 게 빚일 뿐이라는 걸요."

현재 일왕가가 은혜를 갚는다든가 아니면 대가를 지불하는 것은 불가능하다.

결국 이 모든 게 미래를 위해 하는 투자이고, 일본 왕실은 그걸 이용할 생각이었다.

"알겠습니다. 제가 방법을 생각해 보지요."

노형진은 당분간은 머리가 아플 것 같다는 생각에 눈을 찌푸렸다.

⚖️

"그게 가능하겠나?"

유민택은 궁금하다는 듯 말했다.

일본의 정치에 끼어드는 것도 힘든 일이다.

아니, 사실 현재 상황에서 보면 제대로 끼어든 것도 아니다.

노형진과 유민택이 투자한 지역 정치인들은 그저 지방에서 활동하는 시기지 중심에 들어가지는 못하고 있으니까.

그런데 다른 사람도 아니고 일왕가를 전면에 내세워 달라니.

"그걸 일본 정치인들이 그냥 두고 보지는 않을 걸세. 우리가 하고 싶다고 해도 말이지."

"압니다. 사실 애초에 정치 자체가 불가능하니까요."

헌법 소원도 불가능하다.

그게 불가능하다고 헌법에 적혀 있으니까.

"그러니 다른 방식으로 접근해야 합니다."

"그게 무슨 좋은 방법이 있겠는가? 누구 하나 만나는 것도 꺼림칙하게 생각하는 게 일본 정부인데."

"저도 그렇게 생각했지요."

신동하가 간 후에 많은 고민을 했다.

'어떻게 일왕가를 전면에 내세울 것인가?'라는 것에 대해 말이다.

그리고 현실적으로 판단했다.

"정치의 전면에 나서게 하는 것? 그건 불가능합니다."

"으음…… 역시나 그렇군."

안타깝다는 표정이 되는 유민택. 그게 가능했다면 자신들이 쓸 수 있는 방법이 많아지니까.

하지만 노형진의 말은 아직 끝난 게 아니었다.

"하지만 전면에 나서도록 하는 것은 가능합니다."

"뭐? 방금은 불가능하다며?"

"정치는 그렇지요."

"그게 그거 아닌가?"

"아니요. 전혀 다릅니다. 현실적으로 말씀드리자면 우리나라의 국회의원은 헌법상 국민을 대표하는 자리입니다. 실제로는요?"

"갑질하고 권력을 휘두르는 자리지."

그들이 국민을 대표하는 경우는 거의 없다. 자기 권력을 위해 협작질을 하는 데 시간을 쓰기도 바쁘니까.

"정치와 국민의 입장은 전혀 다릅니다. 정치적으로 전쟁을 주장하는 놈들은 넘쳐 나지만 국민 중에서 전쟁을 원하는 사람은 거의 없지요."

"그건 알고 있네만?"

"마찬가지이지요. 정치가 아니면 됩니다. 그렇지만 국민들을 대신해서 그들을 보듬어 주면 됩니다."

"그게 정치 아닌가?"

"정치가 아니라 소송이라면요?"

"소송?"

"그렇습니다. 국민들을 대신해서 일왕가에서 소송을 도와

주면요?"

"이해가 안 가는데?"

"일본에서는 아직도 국민들에게 반인륜적인 행동을 많이 하지요."

일본의 정치는 절대 선진적이지 않다.

그들은 국민이 아닌, 권력자들을 위한 정치를 한다.

"정치를 하지 못하게 되어 있지 국민을 돕지 말라고 되어 있지는 않거든요."

"그래서?"

"국민들의 상당수가 일본의 정치 문화에 희생되고 있습니다. 그들은 싸우고 싶어 해도, 재판부에서 정치인들을 편들어 주기 때문에 못 싸우죠."

쉽게 말해서 이미 추가 기울어진 싸움이라는 거다.

아무리 노력해도 그들을 이길 수는 없다.

"과거의 성 노예 강제 동원 같은 거군."

"맞습니다."

일본 판사는 그 사건에 대해, 그 사건이 존재하는 것은 인정하지만 그 배상과 사과를 하는 것은 인정하지 않는다는 괴상한 판결을 내렸다.

"균형이 무너진 거죠. 만일 일왕가에서 그 균형을 맞춰 준다면요?"

"균형을?"

"그렇습니다."

지금은 일반 국민에게 철저하게 불리하게 되어 있는 재판이다.

하지만 일왕가에서 그들을 도와준다면?

그들의 무게 추가 되어서 그들에게 힘을 실어 준다면?

"사람들이 일왕가에게 가겠군."

그동안처럼 그냥 개념으로서 존재하는 그런 느낌이 아니라 힘이 필요할 때, 힘이 들 때 일왕가에서 국민을 도와준다.

"구도를 봐서는 일왕가가 정치인들과 싸워서 국민들 앞에서 지켜 주는 형태가 되는 거지요."

"오호라."

어차피 일왕가는 정치인들과 싸워야 한다.

그건 국민들 역시 마찬가지다.

"그리고 그건 재판이지 정치는 아닙니다."

그가 정당에 대한 의견을 말한 것도 아니고 투표를 조작한 것도 아니다. 그저 힘든 사람들을 도와줄 뿐이다.

"그런 사건이 쌓으면 국민들의 지지는 일왕가에 쏠릴 겁니다."

일왕가는 지지 세력이 없는 게 가장 큰 문제다.

심지어 현 일왕은 정치인들이 천황제를 폐지할까 봐 벌벌 떨기까지 했다.

하지만 국민들이 지지하기 시작하면 이야기는 달라진다.

천황제를 폐지하자는 이야기가 나오면 국민들이 지켜 주

기 위해 나설 테니까.

"그건 좋은 생각이군. 정치는 못 하겠지만 존재감은 확실하게 드러낼 수 있겠어."

"어떻게 보면 지금 상황에서 가장 확실한 방법이지요."

유민택은 고개를 끄덕거렸다.

확실한 방법이기는 하다, 한 가지만 빼고.

"하지만 그 정도 사건이 있나? 자네도 알다시피 일본 국민들은 성향의 특성상 집단소송을 잘 안 해."

당연히 개별적인 소송을 많이 한다.

그래서 힘이 없는 거고.

"개인적 소송을 도와주는 것은 말이 나올 거야."

"압니다."

그건 일왕가가 도와준다는 이미지도 만들 수 있지만 특혜가 될 수도 있다.

"누가 봐도 잘못된 것이고, 그게 정치인들의 잘못이어야 하며, 지금까지 그걸 배상하지 않고 버티고 있어야 하며, 또한 그 피해자 숫자가 족히 몇만은 되어야 해. 그런 사건이 아직까지 있을 리가……."

상식적으로 그런 사건이 있을 수가 없으니 그게 소송이 가능할지 유민택은 우려되었다.

"물론 정상적인 상황이라면 그런 게 없겠지요. 하지만 일본은 정상이라는 단어와는 좀 거리가 있는 국가라서요."

"설마 그런 사건이 있단 말인가?"

유민택은 눈을 살짝 찡그렸다.

그런 말도 안 되는 건 민주국가에서는 불가능한 일이니까.

"혹시 우생 보호법이라고 아십니까?"

"우생 보호법? 그게 뭔데?"

"과거에 있던 일본의 악법입니다. 1948년부터 1996년까지 운영되었지요."

"꽤 오랫동안 시행되었구만. 그런데 그게 뭐기에? 이름만 들어서는 무슨 유전자 관련 법인 것 같은데. 뭐, 종이 좋은 짐승을 키우는 법인가?"

노형진은 고개를 흔들었다.

"목적 자체는 맞습니다. 유전자 보호가 목적이었지요. 다만 그 대상이 짐승이 아니라 인간이라서 문제입니다."

"인간이라고?"

노형진은 그에게 우생 보호법에 관해 설명해 줬고, 유민택은 너무 어이가 없어서 입을 쩍 벌릴 수밖에 없었다.

"우생학적으로 열등하다 판단되는 사람들에게 강제 불임 및 낙태를 하도록 하는 법입니다."

"뭐? 지금 장난하나? 그런 말도 안 되는 법이 있다고?"

"애석하게도요. 실제로 존재했던 법입니다."

"그게 무슨 100년 전, 200년 전도 아니고, 십몇 년 전까지 시행되었다고?"

"그렇습니다."

일본의 우생 보호법.

그건 유전적으로 안 좋은 사람이 유전자를 남기지 못하게 하겠다는, 사람을 사람이 아닌 짐승으로 봐서 만들어 낸 법이다.

"문제는 그 법의 적용 대상이 명확하지 않았다는 거지요."

"그게 무슨 소리야? 그런 말도 안 되는 법의 적용 대상이라고 하면 저항하지 못하는 장애인들일 게 뻔하지 않나?"

"아니요. 애석하게도 그건 아닙니다."

노형진은 차분하게 말했다.

그도 이 사건을 기억해 낸 것은 우연이었다.

정상적인 상황이라면 생각해 내지 못했을 것이다.

'하지만 기회가 된 거지.'

원래 역사에서 일본은 이 법을 없애기는 하지만 그에 관련된 배상은 하지 않았다.

미래에는 만들어지기는 하지만 아직 일본은 이 법에 대한 손해배상을 거부하는 시점이다.

즉, 정치인들의 잘못으로 인해 피해자들이 몇만 명 단위로 발생한 것이다.

'아니, 몇십만일지도 모르지.'

"공식적으로는 유전적 질병이 있는 사람들에 대한 낙태 및 불임 수술이 목적이지요. 하지만 일본 정부는 이걸 곡해했습니다. 애초에 법 자체가 괴상합니다."

부모가 유전자적으로 장애를 가지고 있다고 불임 수술을 하는 것도 황당한데, 이 법은 사촌이 유전병을 가진 경우 그 사촌들까지 불임 수술을 하도록 되어 있다.

그러니 그 피해가 어마어마했다.

"그리고 그 유전적으로 뒤떨어진 존재로 장애인만 본 게 아니거든요."

"뭐라고?"

"고아들에게도 시술이 이루어졌습니다."

"미쳤군!"

유민택은 이해가 가지 않았다.

도대체 고아들이 무슨 문제가 있단 말인가?

"그 애들이 무슨 유전적인 결함이 있다고?"

그 고아들은 그저 상황이 안 좋았을 뿐이다.

부모가 사고로 돌아가시거나 여건상 가난해서 도무지 방법이 없었기 때문에 고아원에 맡긴 경우가 많았다.

그들이 유전적으로 문제가 있다는 것은 미친 개소리였다.

"하지만 일본의 정치인들은 그렇게 생각하지 않았지요."

유전적으로 문제가 있으니까 멍청하고, 멍청하니까 가난하다고 판단했다.

"그렇게 어마어마한 숫자가 강제로 불임 수술을 받았습니다."

"끄응……."

"그건 그 피해자들의 인생을 파멸로 몰아갔지요."

장애인들이야 어찌 되었건 결혼하기 힘든 게 현실이다.

하지만 고아들은 성인이 된 후에 결혼하고 가정을 꾸릴 수 있는 정상적인 사람이다.

"하지만 불임이라는 걸 알게 되면 누가 결혼하려고 할까요?"

"그렇군."

인간에게 있어서 아이라는 것은 축복이자 보물이다.

그런데 그 아이를 가질 수 없다는 것은 아주 심각한 문제다.

"더군다나 비율적으로 우생 보호법에 의해 불임 시술을 한 것은 주로 여성이었습니다."

그래서 그들은 누구와도 결혼하지 못하고 아이조차도 가지지 못한 채 쓸쓸히 늙어 가고 있다.

"미친 새끼들."

노형진의 말에 유민택은 어이가 없었다. 아무리 비정상적인 국가라는 소리를 많이 들었다고 하지만 그런 말도 안 되는 짓을 할 줄은 몰랐다.

정치나 권력이 관련된 문제라면 시대상이라고 이해라도 해 보겠는데, 이건 그런 것도 아니다. 그냥 사회적으로 약자니까 너희는 병신이고, 병신이니까 아이를 낳는 것도 불법이라는 개소리다.

"그리고 그 이면에는 감춰진 부분이 더 있지요."

"응? 이면이라니?"

"일본 정부 입장에서는 한국인과 중국인 역시 우성학적으로 열등한 종자들이거든요."

유민택의 주먹에 힘이 들어갔다.

"그 말은, 그놈들이 한국인과 중국인을 대상으로 강제로 불임 수술을 했다는 건가?"

"그럴 가능성이 높습니다. 물론 그걸 입증할 수 있는 자료는 없지만요."

그럴 수밖에 없다. 지금까지 이 피해에 대해 단 한 번도 조사한 적도 없고 통계를 낸 적도 없으니까.

미래에는 한번 낸 적이 있기는 하지만 그건 어디까지나 철저하게 자국민, 그러니까 순수 일본인들만 대상으로 한 것이고 그나마도 제대로 의견 제시를 하지 못하는 장애인들은 완전 배제했다.

"아마 그 피해자가 10만은 넘을 거라고 생각합니다."

"미친 새끼들."

유민택은 이를 빠드득 갈았다.

자기들끼리 뭔 짓을 하든 그건 상관없는데 한국인에게까지 미친 짓을 했다는 건 도무지 용납할 수가 없었던 것이다.

"그 정도면 확실하게 전면으로 내세울 수 있지 않겠습니까?"

"그 정도면……."

국민들의 문제다.

더군다나 이건 정치인들의 잘못이다.

당연히 배상도 하지 않았고 말이다.

이것이 법이다

"이거면 충분히 일왕가가 일본의 국민들 앞에 서는 포지션을 취할 수 있겠군."

"뭐가 마음에 안 드시는 모양이군요."

"우리나라 사람들도 당했다며, 그건 어쩔 건가?"

"그건 방법이 없지요. 중요한 건 판례이니까요."

"판례?"

"그렇습니다."

일단 자국민을 대상으로 손해배상을 청구한 후에 판례를 만들어 놓고 그 후에 소송을 해야 한다.

"자국민에 대해서는 손해배상을 하고 타국민에게는 배상해 주지 않겠다고 판결을 하기는 힘드니까요."

그러면 분명 사회적으로 지탄받게 될 것이다.

물론 그런 걸 신경 쓰는 일본이 아니기는 하지만 국제사회에서 지탄을 하게 되면 그건 곤혹스러울 수밖에 없다.

"그러니까 우선은 일본 문제에 집중하지요."

"돈이 적지 않게 들 텐데?"

"하지만 우리가 일본을 지배하는 것에 비하면 충분히 투자할 만한 돈이지요. 후후후후."

⚖

일본 우생 보호법.

우월한 유전자를 보호한다는 말도 안 되는 논리에서 시작된 법이다.

하지만 그들이 선택한 것은 우월한 유전자의 보호가 아니라 사회적 약자를 열악한 유전자로 보는 것이었다.

딱 일본의 전형적인 방식이 녹아든 법이었다.

약자를 적으로 만들고 집단으로 괴롭힘으로써 집단의 결집을 꾀한다.

쉽게 말해서 우생 보호법의 목적은 진짜 유전적으로 나쁜 사람들을 보호하는 게 아니었다.

그 대상이 되지 않은, 그래서 불임 수술이나 낙태 시술을 받지 않은 사람들에게 스스로 자신은 우월한 유전자라는 말도 안 되는 세뇌를 하는 게 핵심이었다.

그랬기에 대상에게는 최소한의 인권도 없었다.

"고작 아홉 살요?"

우생 보호법에 대한 소송을 진행하기로 결정하자, 그다음에 할 일은 해당 피해자들을 모으는 것이었다.

당연히 정부에서 해당 자료를 줄 리 없기에 새로운 인권 단체를 하나 만들고 그곳에서 광고를 내고 인터넷을 통해 피해자들을 모았다.

그리고 그곳에 속해서 일하게 된 안도 스미레는 자신의 귀를 의심했다.

그녀는 일본에 몇 안 되는 인권 운동가 중 한 명이었지만 이런 소리는 처음 들었으니까.

"제가 아홉 살 때였어요."

아직은 한창때라고 할 만한 여자.

이제 슬슬 결혼을 해서 아이를 키우며 알콩달콩 행복을 느낄 나이의 여자.

"어느 날 제가 있던 고아원으로 경찰이 찾아왔어요."

그리고 다짜고짜 아이들 중 몇몇을 불러냈다.

"그리고 강제로 산부인과로 끌고 갔어요."

그렇게 아이들을 산부인과로 끌고 간 자들은 그녀를 차가운 침대에 올렸다.

"저는 그게 뭔지도 몰랐지요. 하지만…… 그때 같이 갔던 언니는 알았어요……. 그 사건 이후에 그 언니는 자살했어요."

고작 아홉 살짜리. 그 아이를 경찰은 강제로 끌고 가서 불임 수술을 한 것이다.

"제일 어린 아이가 일곱 살이었어요."

"미친……."

안도 스미레는 욕이 저절로 나왔다.

고작 일곱 살짜리 아이가 뭘 그렇게 잘못했다고 불임 수술을 한단 말인가?

"이유가…… 우리가 공부를 못해서라고 하더군요."

"공부를 못해서요?"

"네."

고아원이라는 곳은 공부를 하기에는 열악한 환경이다.

더군다나 일곱 살, 아홉 살이라면 아직 공부에 대한 개념이 채 제대로 잡히지도 않을 때였다.

"우리가 지능이 낮아서 공부를 못한다고 했어요."

그녀는 절망적인 표정으로 말했다.

"그리고…… 그리고 우리를 그렇게 끌고 간 곳에는 수십 명의 남자와 여자가 있었고요."

그렇게 간 곳에서 차근차근 끌려 나가 불임 수술을 당했다.

마치 사형장에 죽으러 들어가는 것처럼 말이다.

"그걸 그냥 당고만 있었어요?"

"그때는 몰랐으니까요."

불임이 뭔지 알기는커녕 애가 왜 생기는지도 모르는, 고작 아홉 살짜리 꼬마였다.

지금 하는 수술이 뭔지조차도 몰랐다.

"다만 그곳에서 저항한 사람들이 있기는 했어요."

어느 정도 나이가 차면 지금 하는 게 뭔지, 지금 하는 게 얼마나 자신의 인생을 망가트릴지 예상할 수 있었기에 거칠게 저항했다.

"하지만 방법이 없었어요."

경찰은 그렇게 저항하는 사람들을 몽둥이로 강제로 두들겨 팼다.

그리고 병신이라고. 유전적 결함 인자라고 불렀다.

"너희 같은 인간들은 아이를 낳지 않는 것이 대일본 제국을 위해 좋은 일이라고 하더군요."

그렇게 사람들은 수술실로 끌려갔다.

"내 바로 앞에 있던 언니는 너무 많이 맞아서 피를 흘렸어요."

하지만 경찰은 가차 없었다.

잘못했다고, 한 번만 모른 척해 달라고 비는 그 언니를 경찰은 머리끄덩이를 잡고 수술실로 데리고 들어갔다.

그리고 강제로 차가운 침대에 눕혔다.

최후까지 저항하던 그 언니도 마취제가 들어가는 순간 축 늘어지면서 저항이 끝났다.

"그게…… 어떻게 그런 일이……."

안도 스미레는 정신이 멍해졌다.

인권 관련 일을 하면서 말도 안 되는 소리는 많이 들어 봤다. 하지만 이런 일은 들어 본 적이 없었다.

'96년이라고 했던가?'

96년. 이 법이 사라진 후 일본 정부는 모든 것을 은닉했다. 어떻게 생각해도 이건 말도 안 되는 개짓을 한 거니까.

물론 그에 대한 사과나 반성은 없었다.

원래 역사에서도 일본은 사과하지 않았다.

심지어 그 관련 배상 규정이 만들어진 후에도 국가의 책임이라는 말 대신에 우리의 책임이라는 식으로 애매하게 법을 만들면서 국가는 사과하지 않았다.

"이게 사실이에요?"

"아마 피해자는 더 많을 거예요. 제가 마지막이었으니까."

쓸쓸하게 말하는 여자.

그게 벌써 20년 전이다. 그녀는 아직 20대이고, 충분히 결혼이 가능한 나이다.

"하지만 할 수는 없겠지요. 아이를 가질 수 없으니까."

실제로 그녀가 만난 사람이 여럿 있었다.

하지만 불임을 고백하는 순간 남자들은 떠나갔다.

"이제 남은 건 아무것도 없는 것 같아요. 혼자서 이렇게 늙어 가겠지요."

"그럴 수는 없어요!"

그 말을 들으며 안도 스미레는 소름이 돋았다.

그럴 수밖에 없었다.

그녀와 안도는 동갑이다.

그러니까 만일 안도가 고아원에 있었다면, 그녀 역시 그러한 불임 수술의 희생자가 되었을지도 모른다는 소리니까.

'타이치······.'

그녀는 집에 있는 아들을 생각했다.

만일 그랬다면 그 아이를 얻을 수 있었을까? 인생을 걸어서라도 지키고 싶은 그 아이를.

같은 여자이기에 안도 스미레의 가슴은 누구보다 아파 왔다.

"이건 제가 어떻게 해서든 보상받게 해 드릴게요!"

"어떻게요?"

"우리 단체에서 어떻게 해서든 해 드릴게요. 어떻게 해서든!"

안도 스미레는 입술을 짓깨물며 말했다.

"그게 우리가 할 일이에요."

⚖️

"으음······."

요히토는 보고서를 보면서 입술을 깨물었다.

"이게 사실인가?"

신동하가 굳은 얼굴로 고개를 끄덕였다.

"사실입니다. 아직 피해자를 찾고 있습니다만, 현 상황을 볼 때 이건 부정할 수 없는 현실입니다."

"어쩌다······."

요히토는 기가 막혔다.

민주주의국가라는 일본에서 이런 일이 벌어졌으리라고는 상상도 하지 못했으니까.

"이게 우리가 모든 것을 놓은 결과인가?"

"지금까지 일본은 브레이크가 없었으니까요."

보고서는 비참했다.

심지어 어떤 남자는 집에 가다가 끌려가서 강제로 불임 수술을 당했다고 했다.

이유는 단 하나, 그가 선천적으로 다리를 전다는 것 때문이었다.

"그런데 그건 사실 유전자와는 상관없는 일이었죠."

유전자 문제가 아니라 그저 태아일 때 배 속에서 잘못 성장한 것뿐이었다.

"현재 피해자들은 어마어마합니다. 이미 죽은 사람들은 말할 수도 없고, 피해자 중 어린 사람은 아직 20~30대입니다."

"믿을 수가 없네. 아무리 우리 일본 정치인들이……."

"전하, 이건 현실입니다."

요히토는 노트북을 탁 덮었다.

차마 두 눈으로 계속 볼 수가 없었다.

너무나 끔찍했다.

천황가에서 법에 간섭할 수 없다는 현실로 인해 이런 황당한 법이 만들어지고 피해자들이 양산되었을 줄은 몰랐다.

더 가슴 아픈 건 눈앞에 있는 USB들이었다.

하나로도 부족해서 수십 개의 USB들이 쌓여 있었다.

그만큼 피해자가 어마어마하다는 소리다.

요히토는 믿을 수 없다는 듯 외쳤다.

"아니, 어째서? 도대체 왜? 우성학이라면서? 그런데 왜 장애인도 아닌 멀쩡한 사람을 불임을 만든단 말인가!"

"한국 변호사인 노형진의 말에 따르면 관리 문제라고 하더군요."

"관리?"

"네."

고아들은 외로운 아이들이 많다.

그래서 어려서부터 정을 갈구한다.

그렇다 보니 쉽게 마음을 주고 몸을 허락한다.

실제로 그런 아이들을 노리는 나쁜 놈들도 존재한다.

"그 시대에 그런 아이들이 임신하면 그걸 관리해야 하는 것은 고아원이었습니다."

그게 귀찮으니까 고아원은 그냥 불임을 만들어 버리는 것이다.

어차피 인생 쓰레기가 될 거라 생각했으니까.

"이게 현실이란 말인가."

요히토의 얼굴은 무척이나 딱딱해졌다.

한번 개혁을 해야 한다고 생각은 하고 있었다.

하지만 지금 이걸 보면서 그런 마음이 더더욱 강해졌다.

이건 도무지 답이 없을 정도로 썩어 있었다.

없애는 것으로 끝나는 게 아니다.

그에 대한 보상이 전혀 없었다.

"더군다나 이 문제에 대해 아직 다른 사람들은 시작도 안 했습니다."

"다른 사람들?"

"법에 따르면 중절 수술 한 사람들도 많습니다."

신동하의 말에 요히토는 말문이 막혔다. 뭐라고 말할 수가 없었다.

"이게 얼마나 잔인한 법인지 아시겠습니까?"

강제로 끌고 가서 아이를 지운다.

그것만 해도 사실상 사법 살인이나 마찬가지다.

그런데 그것도 모자라서 우생학적으로 건전하지 않은 유전자라는 이유로 불임을 시켜 버린다.

"아이도 죽이고, 아이를 가질 수 없는 몸으로까지 만들었지요."

"이 죄를 어찌 씻어야 한단 말인가……."

요히토의 눈에서는 눈물이 흘렀다.

어지간한 일로는 눈 하나 깜짝하지 않는 그였다. 하지만 그런 그라 해도 울 수밖에 없었다.

"그 피해자가 최소한 몇십만 이상으로 추정됩니다."

관련 기록은 일본 정부에서 모조리 삭제했다. 그리고 모른 척하고 있다.

"지금까지 누구도 이 문제를 이야기하지 않았고 누구도 배상을 이야기하지 않았습니다. 보복이 두려우니까요. 하지만 요히토 황태자님, 아니 천황가라면 두려울 게 없지요."

아무리 일본 사람들이 현 정부를 지지한다고 해도 이건 요히토의 편을 들어 줄 수밖에 없는 일이다.

"가슴이 아프군."

요히토가 눈을 내리깔고 말하자, 신동하가 조심스레 물었다.

"이런 일이 벌어져서, 인가요?"

"아니…… 이런 걸 내가 정치적으로 이용해야 한다는 것이 너무나 가슴이 아파. 이런 비극적인 법이 있는지도 몰랐다는 게 너무나도 비참하네."

요히토의 손이 부들부들 떨렸다.

"우리에게는 이런 것에 대해 말해 주는 사람이 없었지. 법에 대해 자세하게 알려고 하기만 해도 정치적 중립을 요구했으니까."

"하지만 이건 정치적 문제가 아닙니다."

"알고 있어. 하지만 우리는 저항할 수가 없었네."

지지 세력이 없었으니까.

하지만 이제는 지지 세력이 생겼다. 아직은 미약하지만 말이다.

"그러면 이 문제에 대해 내가 어떻게 해야 하나? 우리가 사과를 해야 하나?"

"아니요. 그건 안 됩니다. 이건 천황가의 잘못이 아닙니다."

신동하는 단호하게 안 된다고 선을 그었다.

"사과를 하는 순간 그건 천황가의 잘못이 됩니다."

안 그래도 천황가에 대해 안 좋게 생각하는 일본 정치인들이다.

이 문제에 대해 사과하는 순간, 모든 잘못을 뒤집어씌우고 천황가를 물어뜯을 가능성이 높다.

"그러면 어쩌란 말인가? 우리가 해 줄 수 있는 게 없는데."

"전에 말씀드린 대로입니다. 천황가에서 소송을 지원해 주시면 됩니다."

이번 사건에 관심을 가지고 변호사를 지원해 주는 것만으로도 그는 할 일은 다 하는 것이다.

천황가가 도와준다는 것. 그것만으로도 국민들에게 천황가를 전면에 내세울 수 있다.

"그리고 우리 지지 세력은 그걸 가지고 더더욱 홍보할 수 있겠지요. 천황 폐하가 우리를 보살피고 있다고 말입니다."

"그건 좋은 생각인데……."

말을 하던 요히토는 입을 다물었다.

확실히 좋은 방법이다. 그렇게 된다면 말이다.

하지만 차마 말할 수가 없는 문제가 있었다.

"이걸 하기 위해서는…… 돈이 필요하네."

"알고 있습니다. 변호사들이 돈도 안 받고 일할 리 없지요."

"그게 문제야."

요히토는 말을 아꼈다. 차마 말할 수 없는 현실 때문이다.

그는 잠깐 말을 아끼다가 길게 한숨을 쉬며 입을 열었다.

어찌 되었건 자신을 도와주는 사람이다. 현실을 알아야 신동하가 자신을 도울 수 있다.

"우리 천황가는 돈이 없네."

천황가는 돈이 없다.

천황가가 먹고 마시는 모든 돈은 예산에서 부여된다.

당연히 그 돈은 천황가의 돈이 아니라 국가의 돈이다.

"우리가 가진 것은 아무것도 없어."

똑같은 입헌군주제 국가이지만 다른 나라의 왕실과 다르게 천황가는 모든 일에 정부의 허락을 받아야 한다.

단순히 법에 대한 제한뿐이 아니다.

그들은 금전적으로 숨통을 틀어막는다.

실제적으로 일본 천황가는 일본 정부에서 최소한의 품위 유지비만을 받을 뿐이다.

모든 것은 예산으로 되어 있다.

"우리가 받는 게……."

"한 5천만 엔쯤 되는 걸로 알고 있습니다."

5천만 엔.

그러니까 그들에게 지급되는 돈은 대략 5억밖에 안 되는 것이다.

그것도 요히토에게만 주는 게 아니라 천황가 전체에 주는 돈이 그렇다.

한 나라의 왕의 재산치고는 터무니없이 작은 금액이다.

"압니다. 이미 다 알아봤습니다. 사실대로 말씀드리면, 그 돈이면 이런 사건에서는 변호사 하나 사기 힘듭니다. 워낙 사건이 크니까요. 거기에다 국가를 대상으로 싸워야 하니 아마 쉽게 받아들여 주지 않을 겁니다."

"끄응……."

요히토는 자신의 처지가 비참했다.

어쩌다 천황가가 이렇게 되었는지, 너무나 답답했다.

요히토는 지푸라기라도 부여잡듯 신동하를 쳐다보았다.

"그런데 어떻게 돈을 지원해 준단 말인가?"

"돈을 빌리시면 됩니다."

"뭐? 뭘 담보로?"

"신용이지요."

"신용?"

"그렇습니다. 신용."

요히토는 이해가 가지 않았다.

신용 담보라는 게 도대체 뭔지 들어 본 적도 없으니까.

하긴 요히토가 은행 일을 해 볼 일이 없었으니까.

"가장 좋은 건 재산을 담보로 하는 것입니다. 하지만 공식적으로 천황가는 재산을 가지고 있지 못하지요."

정확하게 말하면 작은 물건들은 소소하게 가지고 있을 수 있다.

하지만 그렇지 않은 것들, 즉 돈이 되는 것, 그리고 담보가 될 정도로 비싼 것은 모조리 국가 소속이다.

당연하게도 그런 걸 사기에는 정부에서 주는 품위 유지비는 터무니없이 적다.

"하지만 천황이라는 신분, 그리고 그 신분에서 나오는 신용을 담보로 돈을 빌릴 수 있습니다."

"그건 좀……."

그러니까 천황가의 이름을 팔라는 거다.

정확하게 말하면 천황가의 자손인 요히토의 이름을 팔라는 뜻이다.

"그 돈을 갚을 수 있는 방법이 없지 않나?"

그 돈을 갚을 수 있다면 당연히 빌릴 것이다.

하지만 돈을 갚을 수 있는 방법이 없다.

그게 현실이다.

"그건 국민들이 갚아 줄 겁니다."

"뭐?"

요히토는 이해가 가지 않았다.

국민들이 왜 갚아 준단 말인가?

"이것도 일종의 심리적 함정입니다. 한국에 있는 노형진이라는 변호사가 알려 준 거지요."

요히토와 천황가가 돈을 빌려서라도 자국의 국민들을 도와주려 한다고 소문이 난다면?

당연히 국민들은 천황가를 새롭게 보고 그들을 따르게 된다.

"그리고 그때 우리가 만든 조직이 활동하게 됩니다."

천황가에 충성을 바치는 조직들, 정치인들. 그들이 나서서 천황을 찬양하며 그가 국민들을 위해 진 빚을 갚아 주자는 운동을 하는 것이다.

"천황가가 이런 소송을 도와줬다고 소문을 내는 건 여러모로 정치적 부담이 있지요."

하지만 이런 일로 인해 빚을 지고 그걸 국민, 아니 신민 된 입장에서 갚아야 한다는 주장을 한다면?

평생을 천황가를 정신적 지주로 삼은 국민들 중 상당수가 조금씩이나마 그 돈을 갚는 걸 도와주기 위해 돈을 내기 시작할 것이다.

"그 상황이 의미하는 건 하나죠."

그들은 천황이라는 존재가 자신들을 도와주는 사람이라는 의식을 하게 된다.

일단 천황이 빚을 졌다는 이유만으로 무조건 갚아 주려고 하는 사람은 없을 것이다.

이것저것 사정을 알아보고 왜 빚이 생겼는지를 알아낸 후, 그 후에 움직여도 움직이려고 할 것이다.

"변호사를 사는 데에는 1억 엔 정도 들 거라 생각합니다. 하지만 그렇게 하면 얼마나 모일까요?"

일본 전 국민이 나서서 갚기 시작하면? 1억 엔? 그건 일도 아니다.

아마 단시간 내에 10억 엔 이상의 돈이 모일 것이다.

"그리고 그 빚을 갚은 후에 남은 돈은 천황가에 증여하는 조건을 붙이면 됩니다."

이것이 법이다

"헉!"

요히토는 아연실색했다.

그게 성공한다면 천황가는 당장 최소 수억 엔의 실질 자산을 가지게 되기 때문이다.

허락받아서 써야 하는 돈이 아니라 자기 마음대로 쓸 수 있는 돈이 말이다.

"그리고 중국과 한국에서도 기부를 받아야지요."

"뭐? 자네 그게 무슨 소리야? 한국과 일본에서 왜 돈을 받아?"

그건 자존심이 상하는 일이다.

아무리 현 일본 정치인들과 싸운다고 하지만 외국에 구걸하고 싶지는 않은 것이 요히토의 마음이었다.

거기에는 자존심뿐만 아니라 일본의 국격 문제도 걸려 있기 때문이다.

"압니다. 하지만 그걸 해결할 방법이 있습니다."

"어떻게?"

"이 우생 보호법에 의해 강제로 낙태당하고 불임이 된 사람들은 일본인뿐만이 아닙니다."

"뭐?"

"그 당시 일본에 있던 재일 한국인들과 재일 중국인들 역시 그러한 법의 희생양이었습니다."

어떻게 보면 그 사람들이 더 많은 희생을 당했다.

그 당시만 해도 재일 한국인들이나 재일 중국인들의 신분은 그냥 노예 취급이었으니까.

"그것도 그냥 넘어갈 일은 아니지요."

"그건…… 국제적 문제가 될 것 같은데?"

"애석하게도 그렇지 않습니다."

재일 한국인, 재일 중국인의 공식적인 국적은 일본이다.

당연하게도 그러한 공식적인 국적이 우선이다.

물론 외부에 드러나면 두 나라에서 불편해하기는 하겠지만, 최소 20년 전 사건을 가지고 무리하게 관계를 경직시키지는 않을 것이다.

"그런데 왜?"

"지원은 많을수록 좋으니까요. 노형진 변호사는 이참에 천황가의 이미지를 바꾸려고 하고 있습니다."

일본 좋으라고, 아니 천황가 좋으라고 하는 게 아니다.

도리어 일본에서 날뛰고 있는 극우 세력을 멈추기 위해서다.

"한국과 중국에서 천황가의 이미지는 극도로 안 좋습니다."

현재 일본 극우가 날뛰고 있고 그 이미지는 그대로 천황가에 뒤집어씌워지고 있다.

"하지만 이번 계획을 통해 일본 극우와 천황가의 이미지를 완벽하게 갈라 버리는 게 목적이라고 하더군요."

두 나라에 있어 천황가는 과거 일본 제국의 수장이자 침략의 장본인이다.

그러니 천황가가 좋을 수가 없다.

"하지만 반대로 하는 거지요."

도리어 천황가가 잘못된 것을 고침으로써 타국의 지지를 천황가에 쏠리게 하는 것이다.

"아무리 타국이라지만 국제적 여론이 천황가를 지지하는데 일본 정부에서 마음대로 할 수 있을까요?"

"미치겠군."

요히토는 소름이 돋았다.

그러니까 이번 소송을 하면서 중국인과 한국인을 포함시키라는 거다.

"그리고 그렇게 하면 그쪽 나라에서도 지원금이 모일 겁니다."

일본의 잔학한 악법에 희생된 자신들의 민족을 돕기 위해 돈을 모으는 사람들이 있을 테고, 그건 당연히 천황가로 넘어온다. 대표해서 도와주고 있으니까.

"이미지도 바꾸고 돈도 더 버는 거죠. 사실 천황가 입장에서는 돈을 쓰는 게 아니라 돈을 버는 행위입니다."

요히토는 침을 꿀꺽 삼키며 말했다.

"자네가 말한 그 노형진이라는 변호사 말일세."

"네, 하명하십시오."

"정치인은 아니지?"

"정치는 전혀 관심 없어 합니다. 이번 일도 제가 의뢰를 해서 그렇지, 정치 쪽은 평소에 쳐다보지도 않습니다."

"다행이군."

"왜 그러십니까?"

"아니, 그 사람이 정치를 하면 일본에는 큰 부담이겠다 싶어서."

신동하는 속으로 피식 웃었다.

'이미 부담일 겁니다.'

그저 그들이 서로 모르고 있을 뿐이었다.

"그러면 어찌하시겠습니까?"

"당연히 해야지."

자신들의 힘을 키우고 이 망할 브레이크 없는 일본 정치판을 바꾸기 위해서라면 말이다.

"그래서 얼마나 빌려줄 생각이라고 하던가?"

전쟁의 희생자는 국민이다

"공식적으로는 20억으로 하지요. 너무 작아도 문제니까."

물론 비공식적으로는 딱 변호사비만 빌려준다.

그것도 사실 변호사는 이미 결정되어 있었다.

남은 건 해당 사항을 인터넷에 공지하고 피해자들을 모으는 것이었다.

"그런데 한국 피해자들이 많습니까?"

"없지는 않을 겁니다."

노형진은 씁쓸하게 말했다.

"한국뿐만 아니라 중국 피해자들도 최소 수만은 될 거라고 생각합니다."

"으음."

신동하는 긴 한숨으로 자신의 감정을 표현했다.

"하긴 자국민에게도 그런 짓거리를 했는데 타국민에게 뭔 짓을 했을지 예상하는 게 어렵지는 않네요."

그는 한국인과 혼혈이라는 이유로 온갖 고생을 다 했다.

심지어 그가 대동의 핏줄인데도 불구하고 말이다.

물론 그가 대동에서 내쳐진 것에 대해서는 알고 있으니 그랬을 수도 있겠지만, 어찌 되었건 일본의 인종차별에 대해서는 누구보다 가장 잘 느낀 사람이었다.

"뭐, 그 당시에는 가장 효과적인 통치법으로 보였을 테니까요."

"그 당시?"

"일본 패망 이후 말입니다. 이번에 조사를 하다 보니 재미있는 의견이 있더군요."

"무슨 의견 말입니까?"

"우성 보호법이 열성 인자 배제에 관한 법이라기보다는 인구 조절 목적으로 만들어진 걸로 보인다는 겁니다."

"인구 조절이라니요?"

"말 그대로입니다. 일본은 인구가 많은 나라 중 하나였지요."

일본은 인구가 무척이나 많은 나라였다.

전쟁 중에 많은 사람들이 죽었음에도 불구하고 말이다.

아니, 그래서 더 문제였다.

당장 일본의 모든 산업과 농업이 전쟁 이후에 작살이 났다.

일할 곳이 없었고 먹을 건 더 없었다.

그 와중에 가난한 사람들은 골칫덩어리였을 것이다.

미국에서 원조를 받아서 그들을 먹여 살리는 것도 한계가 있고, 그들을 먹여 살리느라고 돈이 식량으로 다 가니 재건도 힘들었을 것이다.

현재 아프리카 국가들이 겪는 문제 중 하나다.

"그래서 인구를 줄이기 위해 그런 미친 짓을 했다고요?"

"아마 일본 정부 입장에서는 그 입이라도 줄여 보려고 했겠지요."

만일 한국에서 6.25전쟁이 벌어지지 않았다면 일본의 재건은 실패했을 것이라는 것이 일반적인 평이었다.

그 당시 미국은 언제 함락될지 모르는 한국 영토에 보급기지를 설치하는 것을 꺼렸기 때문에, 설사 함락된다고 해도 충분히 지킬 수 있는 일본에 보급기지를 세우기로 했다.

막 2차대전이 끝난 시점이었기 때문에 농담이 아니라 미국의 해군력은 세계 제일이었고 중국의 해군력은 없다고 봐도 무방했으니까.

그 당시 중국군의 가장 강력한 무기는 인해전술이었다.

소련 같은 경우는 그 당시에 아직 핵기술이 없었다.

일본이 패망한 후에 원자폭탄의 존재를 알고 다급하게 연구에 돌입했지만, 이미 실전 배치된 미국과는 격차가 어마어마했기 때문에 그들은 대놓고 북한을 지원하지는 못했다.

"6.25는 일본 정치인들도 예상하지 못한 사건입니다."

6.25의 발발은 1950년, 그리고 우생 보호법의 도입은 1948년이다.

그러니까 인구라도 줄여서 먹고살아 보자고 만든 게 그 법이라는 거다.

"좀 참혹하군요."

"물론 전 그러한 생각보다는 좀 다른 생각을 하지만요."

"다른 생각?"

신동하는 고개를 갸웃했다.

그리고 그다음 말에 자신도 모르게 소름이 돋았다. 생각보다 훨씬 비참한 말이었기 때문이다.

"원폭이 투하된 게 1945년이지요."

히로시마와 나가사키에 떨어진 미국의 원자폭탄.

그리고 그로 인해 발생한 어마어마한 피해.

그 원폭 하나로 1억 총옥쇄를 주장하며 버티던 일본도 항복을 했다.

국민 1억 명이 죽는 건 상관없지만 원폭은 지배자들을 죽이는 무기였으니까.

"서…… 설마?"

"설마치고는 공교롭지요."

방사능이 기형아를 낳도록 한다는 것은 널리 알려진 사실이다.

그리고 히로시마와 나가사키에 떨어진 원자폭탄은 일본을 방사능으로 오염시켰다.

"처음에는 몰랐겠지요."

　하지만 다음 해에 어마어마한 숫자의 기형아들이 태어나기 시작하면서 일본 정부는 이상하다는 생각을 했을 것이다.

　그리고 조사를 시작했을 것이다.

　결과적으로 방사능과 기형에 관한 사실을 알았을 것이다.

　어쩌면 알고 있었지만 대응할 수 없었을 수도 있다.

"그 이후에 매년 어마어마하게 늘어나는 기형아의 숫자는 안 그래도 부담스러운 상황에 처한 일본 정부에 어마어마한 압박으로 다가왔을 겁니다. 그렇다면 그걸 막을 수 있는 방법이 뭐가 있을까요?"

　태어난 아이를 죽인다?

　그건 무리다. 부모들이 인정하지 못할 것이다.

　태어나자마자 죽기를 바란다?

　그게 가장 깔끔하지만, 그렇게 죽는 아이들이 얼마나 될지 모른다.

　지금처럼 양수 검사를 통해 태아의 이상 유무를 확인할 수 있는 시절도 아니었다.

"가장 확실한 방법은 뭘까요?"

　조금이라도 이상이 있으면 무조건 낙태시키고 무조건 불임으로 만들어 버린다.

"그 법이 만들어진 후에 어디서 어떻게 운영되었는지 누구도 모르지요. 하지만 핵폭탄이 떨어진 곳은 히로시마와 나가사키입니다."

　그리고 그곳에서 주변에서 수십만, 아니 백만 이상의 사람들이 살아남았다.

　폭발 반경에서는 다 죽었지만 방사능은 더 멀리, 더 많이 퍼져 나갔다.

　"기형아를 낳게 될 가능성이 높은 부모들……."

　방사능에 노출된 부모들. 그리고 그들의 아이들.

　"이럴 수가."

　노형진의 예상이 맞는다면 피해자가 100만 이상이 될 수도 있는 일이었다.

　"더 큰 문제는 그걸 없애지 않은 거지요."

　방사능 제거 작업이 끝나고 히로시마와 나가사키가 새롭게 재건이 되었음에도 불구하고 그 법은 사라지지 않았다.

　그저 다른 희생양을 찾아서 계속 이어져 왔다.

　1996년까지 말이다.

　"일본에 짐이 되는 자는 필요 없다 이건가요?"

　"네, 저는 그렇게 생각합니다. 언제는 안 그랬나요?"

　일본의 보편적인 정서. 남에게 폐를 끼치지 마라.

　반대로 말하면 폐를 끼치는 존재는 짐이라는 소리가 된다.

　"더군다나 일본이 언제 문제를 해결한 적이 있던가요?"

이것이법이다

"끄응…… 없지요."

일단은 그런 일이 없다고 부정하고, 부정할 수 없으면 합리화하고, 합리화조차도 안 된다면 책임이 없다고 모른 척한다.

"그러니까 피해자들을 그쪽으로 찾아보면 예상보다 많은 숫자가 나올 겁니다."

"그럴 것 같네요. 그러면 노 변호사님은 어떻게 하실 생각입니까?"

"이제 돈 벌어야지요."

"돈요?"

"네. 설마 일왕가가 도와 달라고 한다고 사람들이 도와주겠습니까?"

도와줄 리 없다. 일왕가는 한국인들에게는 원수 같은 존재다.

"그러니까 한국과 중국에 해당 사실을 알리고 피해자들을 찾음과 동시에 홍보를 해야지요."

아마 그걸 지켜보는 일본 정부는 상당히 곤혹스럽겠지만 말이다.

"그게 목적인데요, 뭘."

⚖️

여론을 불러일으키는 것은 어렵지 않았다.

일단 한국은 반일 감정이 아주 강하다.

특히 그들에게 피해를 입은 사실을 기사화하면 그에 따른 여론은 쉽게 따라오는 편이다.

잃어버린 미래. 일본에서 벌어진 한국인 강제 불임 수술 및 강제 낙태에 관하여

코리아 타임라인에 실린 기사.

그 기사는 일본에서 벌어진 잔혹한 강제 불임 수술에 관해 낱낱이 밝혔다.

그러자 지금까지 누구도 신경 쓰지 않았던 일본의 새로운 악행이 드디어 전면에 드러나기 시작했다.

처음에는 신문으로 시작되었지만 나중에는 인터넷에서 어마어마한 관심을 불러일으켰다.

당연히 방송국에서도 그 당시 피해자들을 찾아서 방송을 구성하기 시작했다.

물론 친일파가 지배하는 공중파는 거의 이야기가 없었지만, 인터넷 방송에서는 그 당시 피해자들을 쉽게 찾을 수 있었다.

일본의 차별은 극심했고 그 당시 한국, 아니 조선 사람이라고 하면 짐승 이하의 취급을 받았으니까.

–저는 나가사키 복구 작업에 동원되었습니다. 그 당시에 일본에

서 살던 전 나가사키 외곽에서 일했습니다. 일하면서 방사능에 노출되었지만 그때는 그런 것도 몰랐어요. 그냥 먹고살기 위해 어쩔 수 없이 거기에 일하러 가야 했으니까요. 그렇게 일하던 와중에 어느 날 일본 순사가 오더군요.

암 환자인 할아버지는 힘겹게 인터뷰를 이어 갔다.

―저와 제 아내에게 유전적 결함이 있다고 하더군요. 유전자가 뭔지도 몰랐고 그게 뭔지 알고 싶지도 않았습니다. 그런데 그놈들이…….

감정이 격해진 노인의 손이 파들파들 떨렸다.

―진정하세요, 할아버지.

아나운서는 그런 그를 진정시켰다. 하지만 할아버지의 노안에서 흘러내리는 눈물은 멈출 수가 없었다.

―제 아이를 죽였습니다.

아이를 강제로 낙태시켰다.
그리고 아내를 끌고 가서 불임 시술을 해 버렸다.

—그게 무슨 수술인지도 몰랐어요.

일본 순사는 아내를 집에 던져 주면서 그저 이제는 아이를 가질 수 없는 몸이 되었다고 했다.

그리고 아내는 다음 날 목을 매달았다.

—나는 일본을 용서할 수 없어요. 그놈들은 내 아내와 내 아이를 죽였습니다.

노인의 눈물은 사람들의 심금을 울렸다.

그리고 얼마 지나지 않아서 그 관련 피해자들이 속속 나타나기 시작했다.

그리고 그걸 보면서 노형진은 살짝 놀랄 수밖에 없었다.

"이렇게 많다고?"

그 피해자만 벌써 1만 명이 넘는다.

오래된 법이고 사라진 법인 걸 감안하면 어마어마한 숫자다. 많은 사람들이 죽었을 테니까.

특히나 많은 사람들이 예상대로 나가사키와 히로시마에서 일한 경험이 있었다.

그들이 방사능에 노출되면서 일한 걸 감안하면 적지 않은 수가 암이나 기타 질병으로 죽었을 텐데도 그 피해자가 1만 명이나 되는 것을 보면 도대체 얼마나 많은 피해자가 있었던 건지 감도 잡지 못할 지경이었다.

"중국 쪽도 난리가 났더군."

"안 그래도 요즘 사이가 안 좋지 않습니까?"

노형진 때문에 벌어진 일이지만 지금 양쪽은 사이가 아주
안 좋다.

그런 상황에서 일본 정부에 의한 중국인들의 강제 불임 및
낙태 뉴스는 중국의 국민들을 자극하기 충분했다.

"피해자가 무려 20만 명이나 모였네."

"아무리 중국이 인구가 많다고 하지만 그렇게나 많이 모였
다고요? 설마 그들이 다 피해자는 아닐 테고."

"어린 사람은 나이가 30대 초반이라는데?"

"네? 그럴 리가요!"

일본이 아무리 막장이라고 해도 자국민이 아닌 중국 국적
의 사람에게 우생 보호법을 적용하기는 힘들다.

2차대전이 끝난 후의 대혼란 상태라면 모를까, 70년대만
되어도 외국인에게 그런 미친 짓은 하지 못한다.

그러니까 아무리 넉넉하게 잡는다고 해도 나이가 육십은
넘어야 한다.

"자기가 10년 전에 피해를 입었다고 주장하는 사람도 있다
던데?"

"그럴 리 없는데요."

그 법이 사라진 지가 20년이 넘었으니까.

"끄응…… 뻔하네요. 돈 때문에 일단 신청한 거네요."

노형진은 멋쩍은 얼굴이 되었다.

하긴 예상했던 일이기는 하다.

이런 소송에 그런 사람이 없을 리 없다.

심지어 한국에도 그런 놈들이 있다.

다만 그걸 걸러내기 위해서는 조사를 좀 해야 하겠지만 말이다.

"하여간 돈이 뭔지. 이런 사람들은 걸러야 하는 거 아닌가?"

"아니요. 그럴 필요 없습니다."

"어째서?"

노형진은 피식 웃었다.

"일단 이런 사건에서 국민감정을 일으키기 위해서는 숫자가 중요하거든요. 피해자가 3만 명인 거랑 피해자가 30만 명인 거랑 어떤 게 좋겠습니까?"

"그건 그렇겠군."

중국 방송국에서 자국민 중 일부가 돈을 뜯어낼 목적으로 소송을 걸었다는 방송을 하지는 않을 테니까.

"그리고 희생양도 좀 필요하고요."

"응? 무슨 희생양?"

"지금 상황에서는 소송을 넣으면 인정받지 못할 가능성이 높습니다."

아니, 인정받지 못한다.

'내가 기억하기로는 그 배상법이 통과된 게 2019년이었지?'

그나마도 많이 주는 것도 아니다.

1인당 3천만 원이었다.

인생 자체가 박살 난 사람들에게는 터무니없이 작은 돈이다.

"그러니까 일단 뭐 하나 걸고넘어져서 일본 정부가 압박을 받게 해야지요."

만일 그들이 재판도 하지 않고 기각한다면 국제 여론은 아주 개판으로 떨어질 것이다.

그리고 일본 정부는 그 국제 여론을 무시하지 못할 테고 말이다.

"그 용도로 밀어 넣겠다 이거군."

"홍보를 위해서는 사람들이 관심을 가져야 하니까요."

"일왕가 말인가?"

"맞습니다."

지금 그들이 끼어 봐야 의미가 없다. 하지만 한번 기각된 후에 그들이 나서면 전 세계에 홍보가 될 것이다.

정의를 위해 일어난 일왕가라고 말이다.

"아마 일본 정치인들 얼굴이 볼만할 겁니다, 후후후."

노형진은 진짜 그 얼굴이 궁금했다.

다음 권으로 이어집니다

꿈의 도약, 로크에서 하십시오
(주)로크미디어에서 신인 작가를 모십니다

즐거운 세상, 로크미디어는 꿈을 사랑하고 도전을 두려워하지 않는 작가 분들의 참신한 작품을 기다리고 있습니다. 21세기 장르 문학계를 이끌어 갈 차세대 선두 주자 (주)로크미디어에서 여러분의 나래를 활짝 펴 보시길 바랍니다.

모집 분야 판타지와 무협을 포함한 장르 문학
모집 대상 아마추어 작가, 인터넷 작가
모집 기한 수시 모집
작품 접수 시 유의 사항
  1. 파일명은 작가명_작품명.hwp형식을 갖춰 주십시오.
  1. 파일에 들어갈 내용은 다음과 같습니다.
      − 성명(필명인 경우 실명을 밝혀 주세요), 연락처, 이메일 주소
      − 제목, 기획 의도
      − A4용지 1장 분량의 등장인물 소개
      − A4용지 2장 분량의 전체 줄거리
      − 본문
  1. 작품이 인터넷에 연재되고 있다면, 게시판명과 사이트의 구체적이고 정확한 주소를 기재해 주십시오.

선택된 작품은 정식 계약 후 출판물로 간행되어 전국 서점에 유통됩니다.
작가 분은 (주)로크미디어의 전폭적인 지원하에 전속 작가로 활동하시게 됩니다.
※ 자세한 내용은 로크미디어 홈페이지(rokmedia.com)를 참조하세요.

(03920)서울시 마포구 성암로 330 DMC첨단산업센터 3층 318호
(주)로크미디어 편집부 신간 기획 담당자 앞
전화 : 02) 3273 - 5135
www.rokmedia.com   이메일 : rokmedia@empas.com

어서와 내 던전은 처음이지

한시웅 퓨전 판타지 장편소설

던전에서 나는 모든 것이 돈이 되는 세상!
건물주 위에 던전주, 복권보다 어려운 인생 역전!
……을 했는데 왜 더 힘드냐?

유전병 탓에 아버지의 투병 생활이 길어지며
생계를 위해 쉬지 않고 일하는 연호,
아버지의 부탁으로 벌초를 위해 찾은 선산에 던전이 생겼다!

-던전 주인으로 각성했습니다. 던전을 관리할 수 있습니다.

헌터로 각성까지 해 이제 떵떵거리며 살 줄 알았는데,
괴수 한 마리 없는 텅 빈 던전이라니!
괴수를 직접 잡아 와 던전에 풀라고?

성장시킬수록 더 수상해지는 던전!
평화로운(?) 던전계에 날아든 괴상한 던전주!

어서 와, 내 던전은 처음이지?

허원진 스포츠 장편소설

우리 아들은

얼굴 클래스

회귀자 아빠와 초능력자 아들
두 능력자가 모여서…… 축구?

평범한 고등학생 영신
평범한 축구 2부 리그 코치 아빠
그들의 무미건조한 일상에 들이닥친 변화

"사실 이 아버지는…… 미래에서 왔단다."
"하하, 아버지, 저는 초능력이 생겼습니다."
"뭔 개소리야?"
"네?"

미래 축구계의 데이터를 가진 아빠
골이 들어갈 위치가 보이는 아들
황소 같은 피지컬은 덤!

아빠의 경험과 아들의 능력!
환장의 부자 듀오(?)가 축구계를 들이받는다!